So long Ronnie

(Timeflyer-Trilogie -Teil II)

Herstellung und Verlag: BoD – Books on
Demand, Norderstedt
ISBN: 9783755782643

Cover: Tom Jay
Fotos:
(c) tuja66 / Depositphotos.com
(c) Krilerg saragorn
/ Shutterstock.com

Nur wenige Forscher besitzen die Kühnheit, sich
mit Dingen zu beschäftigen, die massiv gegen die
politische Korrektheit der Physikerzunft verstoßen.

Stephen Hawking

1.

Der Timeflyer

Sie war verrückt nach Krimis. Gefangen von der
Geschichte um das Monster von Greenwood-Castle
blätterte sie mit fliegenden Fingern eine Seite weiter
und... hielt den Atem an. Endlich hatte der Kommissar
den Mörder entlarvt, und gerade, als er ihm sein „Es
ist vorbei, Mr. Miller!" zurief und die Handschellen
klickten, läutete es an der Wohnungstür.

Carolin Westermann hörte es zwar, doch sie nahm es
kaum wahr, weil ihr Bewusstsein noch immer zwischen
den dicken Mauern des englischen Schlosses herum-
geisterte.

Als es erneut läutete, ein wenig länger und
eindringlicher diesmal, hob sie unwillig den Kopf und
lauschte. Sie war überzeugt davon, in der nächsten
Sekunde ihre Mutter durch den Flur laufen und ihr
vorwurfsvoll zurufen hören: „Warum machst du denn
nicht auf, Caro?" Dann erst fiel ihr ein, dass sie allein
zu Hause war, Mama war am Morgen zu einer ihrer

ehemaligen Klassenkameradinnen nach Potsdam gefahren.

Seufzend rutschte Carolin von der Bettcouch und suchte nach ihren Pantoletten. Das Klingeln wurde stürmischer.

„Ja, ja", rief sie, stolperte über eine Ecke des Läufers, und das Buch rutschte ihr aus der Hand, ohne dass sie rechtzeitig ein Lesezeichen zwischen die Seiten hatte schieben können.

„Mist!", schimpfte sie, und: "Ja, ja, ich komme ja schon."

Als sie die Korridortüre öffnete, stand Bernd Michaelis davor.

„Ach, du bist es", sagte sie ohne große Begeisterung. „Was ist denn?"

Er musterte sie prüfend. „Hast du geschlafen?"

„Nein." Sie gähnte, als hätte allein schon seine Bemerkung gereicht, um sie schläfrig zu machen. Sie räkelte sich, ohne ihn aufzufordern, hereinzukommen. „Was ist denn?", fragte sie noch einmal.

Bernd Michaelis zog ein kleines schmales Leder-kästchen aus der Brusttasche seines Hemdes und hielt es ihr vor die Nase. „Sieh mal, was ich dir mitgebracht habe."

„Was ist denn das?"

„Das *Ding*."

„Was für ein Ding?"

Er war enttäuscht. „Du weißt doch, der *Timeflyer*." Sollte sie wirklich schon vergessen haben, worüber sie sich erst vor kurzem unterhalten hatten?

„Ach der!" Obwohl sie noch immer gleichgültig tat, war sie doch jetzt hellhörig geworden. Vielleicht sogar ein bisschen mehr, als das. Sie ging einen Schritt auf ihn zu, überlegte es sich dann aber doch anders. Sie öffnete die Tür etwas weiter. „Komm rein. Du hast Glück, dass ich zu Hause bin, muß heute Überstunden abfeiern." Mit einer Kopfbewegung forderte sie ihn auf, einzutreten, gerade rechtzeitig, um ihn vor Frau Meerbold aus dem ersten Stock verschwinden zu lassen.

„Na, wieder zurück, Carolin?", fragte die Nachbarin im Vorübergehen.

„Zurück?"

„Du warst ganz schön bepackt, als du gestern früh losgezogen bist. Ich dachte schon, du wolltest länger verreisen."

„Ich? Gestern?" Carolin sah sie verständnislos an. „Das kann nicht sein, ich war gestern gar nicht zu Hause."

„Ja eben, ich habe gesehen, wie du gegangen bist. Und du hast mir erzählt, dass du eine Freundin besuchen wolltest."

Carolin zuckte die Schultern und wandte sich ab. „Keine Ahnung, was sie meint", raunte sie, während sie die Korridortür hinter Bernd schloss. „Ich bin gestern erst halb zwölf Uhr abends nach Hause gekommen. Nach Ladenschluss war ich mit Nina noch im Kino, und anschließend sind wir was trinken gegangen." Sie machte eine Kopfbewegung in Richtung Hausflur. „Wer weiß, wen sie gesehen hat."

Bernd folgte Carolin über den Flur in ihr Zimmer. Er war schon mehrfach hier gewesen, wenn auch aus anderen Gründen, als er sich das gewünscht hätte. Sie waren Freunde, das schon, doch manchmal wäre er gern ein bisschen mehr für sie gewesen, als das.

„Was glaubst du, warum ich heute schon so früh bei dir auf der Matte stehe," fragte er und grinste. „Du hast doch neulich gesagt, dass du heute allein sein würdest, deshalb dachte ich, wir könnten danach noch zusammen was unternehmen."

„Danach?"

„Nachdem ich dir den *Timeflyer* vorgeführt habe."

„Ach so, - naja, von mir aus. Aber jetzt zeig das Ding erst mal her." Sie hatte ihm noch immer keinen Platz angeboten. „Da bin ich ja wirklich gespannt, ob es all die Wunder vollbringen kann, mit denen du so schrecklich angegeben hast."

Bernd schaute sich im Raum um und suchte nach einem geeigneten Platz, an dem er mit seiner Vorführung beginnen konnte. Die Bettcouch wäre ihm am liebsten gewesen, und während er den heruntergefallenen Krimi aufhob, malte er sich aus, wie schön es wäre, wenn er das bevorstehende Experiment mit ihr zusammen, eng aneinander gekuschelt, durchführen könnte. Er ermahnte sich jedoch, realistisch zu bleiben. Caro war einfach noch nicht soweit, um sich auf sein Werben einzulassen. Das mochte daran liegen, dass die Affäre mit ihrem Kollegen Pascal noch nicht lange genug zu Ende war. Möglicherweise aber auch daran, dass er selbst nicht der Typ Mann war, in den man sich auf den ersten Blick verliebte. Er würde warten. Dass sie Freunde waren, war immerhin noch besser, als gar nichts. Und vorerst mußte ihm das genügen.

Er setzte sich an Carolins Schreibtisch, der, aus der Schrankwand herausgeklappt, etwas mehr als einen

Meter in das Zimmer hineinragte, schob einen Behälter mit Stiften und ein halb gefülltes Ablagekörbchen zu Seite und legte das mitgebrachte Lederetui feierlich in die Mitte. Carolin hatte sich einen Stuhl herübergezogen und nahm ihm gegenüber Platz.

„Nun mach's doch nicht so spannend", drängte sie ihn.

Ihm gefiel es, dass sie langsam neugierig und ungeduldig wurde. Er mochte das Glitzern in ihren Augen und wenn sie vor Ungeduld auf ihre Unterlippe biss. Betont langsam und mit einem geheimnisvollen Lächeln zog er den Reißverschluss des Etuis auf, - und dann lag es vor ihnen auf dem roten Samt: Das Ding, der *Timeflyer*, mit dem man Gegenstände in die Vergangenheit oder in die Zukunft schicken konnte.

Carolin war ein wenig enttäuscht, denn dieses angeblich so magische Gerät war an einem schlichten braunen Lederband befestigt und sah nicht viel anders aus, als eine Uhr. Keine gewöhnliche Uhr zwar, dafür war sie etwas zu groß, - in der Größe glich sie etwa Pascals Taucheruhr. Doch genau besehen war es nicht das Zifferblatt in der Mitte, das die Größe ausmachte, sondern es waren die vier beweglichen Ringe und die Reihe diverser Hebelchen und Knöpfe, die um das Zifferblatt herum angeordnet waren.

Carolin beugte sich ein wenig vor, doch sofort hielt Bernd schützend die Hände um das Etui, als fürchte er, sie könnte danach greifen.

Sie schob seinen Daumen zur Seite, er versperrte ihr die Sicht. „Laß doch mal los, damit ich es mir genau ansehen kann." Er gehorchte nur widerwillig. „Caro, ich muß vorsichtig sein, verstehst du? Ihm darf nichts passieren. Ich käme in Teufels Küche, wenn…“

„Nein, nein, keine Angst, ich fasse es nicht an. - Und du meinst wirklich, dass man damit einen Gegenstand von einer Zeit in die andere befördern kann? Mit diesem kleinen Ding da? Danach sieht es gar nicht aus.“

„Ich habe es selbst erlebt, Frau Wieland hat es mir einmal vorgeführt. Damals haben wir einen Kugelschreiber verschwinden lassen.“ Er schaute sich suchend um. „Es muß nicht unbedingt ein Kugelschreiber sein. Hast du irgendwo was anderes Kleineres? Dann zeige ich dir, wie es funktioniert.“

Auch sie sah sich um, nahm schließlich eine bemalte Tonfigur aus dem Regal. Es war ein kleiner Clown mit einem lachenden und einem weinenden Auge. „Nimm den da“, sagte sie, „mit dem wird's doch wohl auch gehen, oder?“

„Sicher. Im Grunde geht es mit allem.“ Bernd nahm ihn ihr aus der Hand. „Jetzt brauche ich nur noch ein kleines Stück Klebestreifen. Oder einen Gummiring, damit wir ihn befestigen können.“

Sie öffnete eine Schublade, kramte darin herum und zog ein paar Gummibänder in verschiedenen Größen heraus.

Bernd nahm eines davon und begann, damit die Figur am *Timeflyer* zu befestigen. Er tat das sehr vorsichtig und behutsam. Seine Angst, das Gerät zu beschädigen schien aber größer zu sein, als die, dem kleinen Clown zu schaden.

Carolin verfolgte jede seiner Bewegungen, und als er anfing, an den äußeren Ringen der Uhr zu drehen, fragte sie neugierig: „Was machst du denn da jetzt gerade?"

„Mit den Ringen stellt man die Zeit ein, in die wir ihn schicken wollen, und mit dem kleinen roten Hebel die Dauer, die er dortbleiben soll. Du hast gesagt, du warst gestern Vormittag nicht zu Hause, ist das richtig? Gut, dann schicken wir ihn zum gestrigen Vormittag. Und nach fünf Minuten soll er zurück sein und wieder hier bei uns auf dem Tisch liegen. In Ordnung?"

Carolin nickte, ohne den Blick vom *Timeflyer* zu wenden. „Warte mal!" Sie hob die Hand. „Erklär' mir das ein bisschen genauer. Mit den drei Ringen stellst du also die Jahre ein, die Monate und die Tage. Stimmt's?"

„Nein, nein, die Jahre muß man in Monaten angeben, die Stunden in Minuten. Der mittlere Ring dazwischen ist für die vollen Tage."

„Und der rote Hebel zeigt an, wie lange die Reise dauern soll, sagst du?"

Sie tippte mit dem Finger darauf, und hastig zog er das kleine Gerät aus ihrer Reichweite.

„Ja, das sagte ich doch schon. Wenn ich ihn beispielsweise auf Null stellen würde, würde dein Clown gar nicht mehr zurückkommen, sondern er bliebe dort, wo ich ihn hinschicke."

„Aber er *soll* ja zurückkommen."

„Richtig, er *soll* zurückkommen. Und zwar genau in..., sagen wir mal... in fünf Minuten."

Carolin dachte nach. „Wenn wir ihn in eine andere Zeit schicken, gibt es ihn vorübergehend zweimal", sinnierte sie. „Und zwar solange, bis er wieder in seine eigene Zeit zurückgekehrt ist."

Bernd nickte. „Ganz genau. Du hast es begriffen."

„Natürlich habe ich es begriffen", antwortete sie gereizt, „dachtest du, ich sei zu dumm, um das zu verstehen?"

„Aber nein!" Er streckte die Hand nach ihr aus und fuhr ihr beschwichtigend über die Wange. „Nein, Caro, natürlich nicht." Er lächelte. „Nimm's mir nicht übel, ich bin nur einfach verdammt nervös. Das Ding sollte nämlich gar nicht hier sein, und ich kann erst wieder richtig durchatmen, wenn es wohlbehalten auf seinem Platz im Tresor liegt."

„Ja, das verstehe ich", sagte sie, doch er sah ihr an, dass ihr ganz andere Gedanken durch den Kopf gingen. „Los, drück' endlich auf den Auslöseknopf. Das ist doch der dicke schwarze, oder?"

Bernd legte seinen Finger darauf. Ganz leicht nur, ohne Druck. „Ja, das ist er. Soll ich jetzt…?"

„Na klar, mach schon."

Sein Finger zitterte leicht, als er zudrückte. Für den Bruchteil einer Sekunde schloss er die Augen, wie jemand, der sich mit Todesverachtung in eine Gefahr stürzt. Und schon im nächsten Augenblick berührte sein Finger nur noch die Tischplatte, und der *Timeflyer* mitsamt der kleinen Figur war verschwunden.

Caro blinzelte. „He", sagte sie und lachte, „er ist tatsächlich weg."

Bernd nickte. „Jetzt können wir nur hoffen, dass er in fünf Minuten unversehrt wieder zurück ist."

„Das wird er schon. - Mein Gott, ist das wunderbar! Er ist einfach weg. Und wäre ich gestern Vormittag zu Hause gewesen und hätte gerade an meinem Schreibtisch gesessen, dann hätte ich mich ganz schön erschreckt, wenn er plötzlich vor mir aufgetaucht wäre. Schade, dass es nicht mehr von diesen Dingern gibt. Warum kümmert sich Frau Wieland nicht darum, dass man ihn in größerer Anzahl herstellt? Das wäre der Renner. Sie könnte Millionärin damit werden.“

„Sie hat doch selbst keine Ahnung, wie der *Timeflyer* aufgebaut ist, und in welcher Weise er funktioniert. Ihr früherer Chef, Dr. Weißgerber hat ihn zusammen mit einem gewissen Prof. Riechling entwickelt, doch die beiden sind längst gestorben. Und vor ihrem Tode haben sie wohlweislich alle Unterlagen vernichtet. Sie waren zu dem Schluß gekommen, dass die Menschheit einfach noch nicht soweit ist, überlegt und gewissenhaft mit solchen Dingen umzugehen. Zum Nutzen aller, anstatt sich damit eigene Vorteile zu verschaffen.“

Carolin nickte gedankenverloren.

„Eigentlich hatte er auch diesen Urtypen vernichten wollen“, fuhr Bernd fort, „das hat er dann wohl nicht übers Herz gebracht. Er hat sich darauf verlassen, dass Frau Wieland ihn hütet wie ihren Augapfel und nichts Unrechtes damit anstellt.“

„Und dass sie ihn sich nicht einfach so klamm heimlich aus dem Tresor stehlen lässt.“ Carolin lachte leise. Bernd seufzte und zog die Stirn in Falten. „Und genau das ist auch der Grund dafür, dass mir jetzt nicht ganz wohl ist in meiner Haut, das kannst du mir glauben. Sie verwahrt ihn im Tresor in ihrem Büro, normalerweise habe ich dazu keinen Zugang. Doch irgendwann hat mir der Zufall die Zahlenkombination in die Hände gespielt, und seither… Der Gedanke, ihn mal auszuprobieren ist mir einfach nicht mehr aus dem Kopf gegangen. Und da sie heute und morgen nicht im Büro ist…“

„Aber was nützt ihr das Ding, wenn es nur im Tresor herumliegt?"

„Vielleicht benutzt sie es *doch* noch manchmal."

„Glaubst du?"

„Ich bin mir nicht sicher, aber ich könnte mir vorstellen, dass sie doch ab und zu noch mal in die Vergangenheit reist. Mir ist nämlich aufgefallen, dass sie ihre Ferien meistens in Karlsruhe verbringt, und dass sie, bevor sie den Urlaub antritt, den *Timeflyer* immer mit nach Hause nimmt. Man erzählt sich, der Mann, den sie geliebt hat, hätte dort gewohnt, bevor er tödlich verunglückt ist. Vielleicht geht sie manchmal in die Zeit und an die Orte zurück, wo sie mit ihm glücklich war. Auf diese Weise kann sie ihm noch einmal nahe sein."

„Wie traurig", sagte Carolin und nickte. „Aber macht das nicht alles noch viel schlimmer?"

Bernd hob die Schultern, dann erst fiel sein Blick auf den Tisch, wo zu seiner Verwunderung der *Timeflyer* mit der daran befestigten Clownsfigur bereits wieder vor ihnen lag, als sei er nie fort gewesen.

„Sieh mal, er ist zurück", sagte er zu Carolin, „er ist wieder da."

Nun bemerkte auch sie ihn. Sie sprang auf. „Tatsächlich, er ist wieder da. Es hat geklappt."

Bernd griff nach ihm, entfernte die Tonfigur mitsamt dem Gummiband und schickte sich an, das kleine Wunderwerk wieder im Lederkästchen zu verstauen. Carolin hielt ihn am Arm zurück. „Halt, stopp!" sagte sie. „Ich habe mir was überlegt. Du hast gesagt, dass Frau Wieland damit vielleicht auch heute noch manchmal die Vergangenheit besucht."

„Ich vermute es.“

„Also funktioniert das Ding auch, wenn ein Mensch damit in eine andere Zeit reist.“

„Ich denke schon.“

„Bernd, bitte, laß es uns ausprobieren. Schick mich in die Vergangenheit.“

„Bist du denn von allen guten Geistern verlassen?“ Er schaute sie empört an. „Wie stellst du dir das vor. Ich glaube, du weißt nicht, was du da sagst.“

„Das weiß ich sehr wohl. Stell den *Timeflyer* auf fünf Minuten ein, und ehe du dich versiehst, bin ich wieder hier. Fünf Minuten, Bernd, was wäre schon dabei. Nur fünf Minuten. Bitte!“

Er schüttelte entschlossen den Kopf, zog den Reißverschluss des Etuis zu und verstaute es wieder in seiner Brusttasche. „Kommt gar nicht in Frage. Ich sagte doch schon, ich werde froh sein, wenn er unversehrt wieder im Tresor liegt.“

„Bernie, bitte!“ Schmeichelnd strich sie ihm über den Arm.

„Nein, nein, das Risiko ist mir zu groß. Was glaubst du, was los wäre, wenn dir irgendetwas passieren würde.“

„Mir? Was sollte mir denn passieren? Du stellst die Zeit ein, und wenn ich am gestrigen Vormittag ankomme, dann bleibe ich ganz ruhig auf demselben Fleck stehen und warte, bis die fünf Minuten rum sind.“

„Caro, das kann ich nicht machen, ich kann ihn nicht aus der Hand geben. Und was würde es dir schon bringen? Was erwartest du denn? Du würdest plötzlich fünf Minuten lang allein in deinem Zimmer sitzen und nicht einmal merken, dass der Tag ein anderer ist."

„Aber das Gefühl, verstehst du? Ich möchte wissen, was für ein Gefühl das ist, wenn man durch die Zeit reist. Bernie, ich tu' alles für dich! Wirklich alles, was du willst, wenn du nur Ja sagst. - Hast du mich nicht neulich gefragt, ob ich dich zum Open-Air-Konzert in der Waldbühne begleiten würde? Ja, ich verspreche es, ich komme mit. - Oder möchtest du was anderes? Wir könnten beispielsweise auch ein paarmal miteinander ganz groß ausgehen. Wohin du willst. Ich würde…"

Obwohl ihre Angebote verlockend waren, schüttelte er eisern den Kopf. „Caro, verspricht nichts, was du nicht halten kannst."

„Ich würde mein Versprechen halten. Wirklich! Du kannst mich beim Wort nehmen. Für lumpige fünf Minuten in der Vergangenheit. Nur ein einziges Mal." Sie streckte ihm ihr Handgelenk hin. „Leg mir das Ding an, bitte. Stell es ein, wie du es für richtig hältst. Nach fünf Minuten werde ich wieder hier sein, als sei nichts gewesen. Dann kannst du es in den Safe zurückbringen, und ich werde dich nie wieder darum bitten, es mitzubringen. Und ich werde auch niemandem etwas davon verraten, das schwöre ich."

Er strauchelte und holte das Etui wieder hervor. „Ich weiß nicht, Caro. Du würdest wirklich ganz brav sitzenbleiben und nichts anrühren? Keinen der Ringe, keines der Hebelchen oder Rädchen, keinen der Knöpfe?"

„Nichts, Ehrenwort, gar nichts. Ich möchte einfach nur wissen, wie es ist. Ich möchte mich in meinem Zimmer umsehen und denken: Jetzt, in diesem

Augenblick existiere ich zweimal. Einmal im Laden und einmal hier in meinem Zimmer. Und das an einem Tag, der in Wirklichkeit längst vergangen ist."

Bernd zog den Reißverschluss wieder auf und starrte den *Timeflyer* an. „Du weißt, was du mir antust, wenn du dein Versprechen nicht hältst", sagte er.

„Das weiß ich. Natürlich weiß ich das. Ich würde dich doch niemals in Schwierigkeiten bringen."

Er seufzte tief. „Also gut! Aber nur…, sagen wir mal: drei Minuten. Die müssen dir reichen."

„Einverstanden. Drei Minuten. Bis du recht begreifst, dass ich weg bin, werde ich schon wieder hier sein."

Mit sichtlich schwerem Herzen, aber im Hinblick auf die angekündigten Belohnungen, hob er den *Timeflyer* noch einmal heraus, legte ihn mit Hilfe des Lederarmbandes um Carolins Handgelenk und schloss die kleine Metalschnalle. Dann nahm er die Einstellung vor. Es war 10.08 Uhr, und das Ziel war die gleiche Zeit am Vormittag des Vortages. 10.11 Uhr würde sie wieder zurück sein.

Noch einmal schaute er Carolin eindringlich an, suchte ihren Blick, von dem er sich Bestätigung dafür erhoffte, dass er sich auf sie verlassen konnte. Doch sie war viel zu aufgeregt, um ihm lange standzuhalten. Ihr Handgelenk zuckte nervös, als er den Auslöser betätigte. - Und dann war sie verschwunden.

Krampfhaft schaute er auf seine Armbanduhr, - auf die normale Armbanduhr an seinem Handgelenk. Nervös verfolgte er den Sekundenzeiger. Mein Gott, dachte er, was würde Frau Wieland sagen, wenn sie wüsste, dass er den *Timeflyer* einfach an sich genommen hatte, ohne sie zu fragen? Was würde sie von ihm denken, wenn sie wüsste, dass er ihr Vertrauen so schändlich missbraucht hatte, nur um der hübschen jungen Frau zu imponieren, in die er seit Ewigkeiten verliebt war? Dass er ihn leichtfertig in ihre Hand gegeben hatte, obwohl sie keine Ahnung von den Funktionen hatte und im Notfall gar nicht wüsste, wie sie reagieren sollte? Wüsste denn er selbst überhaupt, was zu tun war, wenn etwas schiefginge? Was würde er tun, wenn sie nicht zurückkäme?

Mittlerweile war eine Minute vorüber. Eine endlos scheinende, quälende Minute. Was wäre, wenn der *Timeflyer* plötzlich versagte? Er wurde, wenn überhaupt, nur noch selten benutzt. Im Laufe der Zeit konnten sich die Rädchen und Ringe abgenutzt haben. Selbst eine gewöhnliche Uhr konnte stehenbleiben, eine Feder konnte überdreht oder die Batterie leer sein. Er wußte ja nicht einmal, ob es in diesem Gerät eine Feder oder eine Batterie oder etwas Ähnliches gab. Was war, wenn die Ringe plötzlich hängenblieben? Oder wenn sie sich gar von selbst verstellten? Wenn die Hebelchen nicht mehr auf die richtige Weise reagierten? Er spürte, wie ihm heiß wurde, wie sich Schweißperlen auf seiner Stirn bildeten.

Inzwischen war bereits die zweite Minute vergangen. Am liebsten hätte er die restlichen Sekunden heruntergezählt wie bei einem Countdown.

Caro hatte versprochen, ihn zum Open-Air-Konzert zu begleiten. Und zusätzlich wollte sie noch mit ihm ausgehen. War das die Angst wert, die er jetzt ausstand? Er nickte, ohne den Blick vom Zifferblatt seiner Uhr zu wenden, ohne den Sekundenzeiger aus den Augen zu lassen. Ja, sie war es wert, sagte er sich.

In zwanzig Sekunden würde sie wohlbehalten zurück sein, darauf vertraute er. In fünfzehn Sekunden, dann hatte er es überstanden und konnte sich auf die Belohnung freuen. Sie war das hübscheste und netteste Mädchen, das er kannte, sie würde ihr Versprechen halten. Noch zehn Sekunden bis dahin, noch acht, noch sieben…

Und dann war sie plötzlich zurück! Sie stand an einer etwas anderen Stelle, aber sie war da, und das war die Hauptsachen. Einen Moment lang schloss er die Augen vor Erleichterung. „Manometer, bin ich froh…!"

Als er jedoch den Blick hob und sie ansah, zuckte er zusammen. Es war Caro, die vor ihm stand, zweifellos. Aber irgendetwas an ihr war anders. Hatte sie vorhin nicht ein blaues T-Shirt getragen? - Jetzt trug sie ein rotes. Oder irrte er sich da? Außerdem kamen ihm ihre kurzgeschnittenen dunklen Locken etwas länger vor, als noch vor drei Minuten.

Und dann sah er auch ihre verweinten Augen.

„Um Gottes Willen, Caro, was ist passiert?"

Sie antwortete nicht, schüttelte nur den Kopf. Und mit einer heftigen Bewegung öffnete sie das Lederband mit dem *Timeflyer* an ihrem Handgelenk und schob ihn zu ihm hinüber, als wollte sie ihn so schnell wie möglich los sein. „Pack ihn ein, und dann geh bitte."

„Caro!", er verstand nicht, warum sie so reagierte. Er betrachtete das kleine Gerät, konnte aber nichts Ungewöhnliches daran feststellen. Sie ging zur Tür und hielt sie für ihn geöffnet. „Bitte, Bernd, geh jetzt. Ich möchte allein sein."

Er war enttäuscht, er hatte sich den Rest des Tages

ganz anders vorgestellt. „So erklär mir doch, was passiert ist, Caro. Ich sehe doch, dass etwas nicht stimmt." Er versuchte, den Arm um ihre Schultern zu legen, doch sie machte sich heftig von ihm los.

„Ich kann jetzt nicht darüber reden", sagte sie. „Vielleicht ein anderes Mal, aber jetzt geh bitte. - So geh doch endlich!" Die letzten Worte schrie sie fast.

Hastig verstaute Bernd den *Timeflyer* im Etui und schob ihn in die Hemdtasche. Er fühlte sich unglücklich. Hatte er ihr nicht ihren Wunsch erfüllt? Warum benahm sie sich jetzt so sonderbar? Was hatte sie in den vergangenen drei Minuten erlebt? War vielleicht doch etwas schiefgegangen?

Er stand im Treppenhaus, während die Wohnungstür hinter ihm ins Schloss fiel. Benommen blieb er noch eine Weile stehen und lauschte, hörte das leise Schluchzen des Mädchens, das er eigentlich hatte glücklich machen wollen. Und er verstand die Welt nicht mehr.

2.

Bernd Michaelis

„Fällt noch irgendetwas an, Frau Wieland?"

Bernd Michaelis hatte seinen Kopf zur Tür hereingesteckt und schaute seine Chefin fragend an. „Wenn nicht, dann würde ich nämlich jetzt gern Feierabend machen und nach Hause fahren."

Karin Wieland sah flüchtig vom Computer auf und hielt im Schreiben inne. „In Ordnung, Bernd, Sie können gehen. Um Dr. Webers Unterlagen noch einmal durchzusehen haben wir am Montag früh noch genügend Zeit. Sie haben doch sicher schon alles vorbereitet, oder nicht?"

„Ja, es ist alles fertig."

„In Ordnung."

„Dann wünsche ich Ihnen ein schönes Wochenende, Frau Wieland."

Sie nickte ihm zu, und ein Lächeln huschte über ihr Gesicht. „Danke, Bernd, das wünsche ich Ihnen auch."

Als er gegangen war und die Tür hinter sich geschlossen hatte, lehnte sie sich an ihrem Schreibtisch zurück und fuhr sich mit einer müden Handbewegung über die Augen. Richtig, es war ja schon wieder Freitag. Über die Sommermonate waren die Freitagnachmittage frei, auch sie sollte endlich einmal Gebrauch davon machen. Ihre Mutter hatte recht, wenn sie behauptete, sie gönne sich viel zu wenig Freizeit, und sie arbeite so verbissen, als gehöre ihr dieses Institut persönlich. Im Grunde war es aber eher umgekehrt, dachte sie lächelnd, sie gehörte dem Institut. Mit Haut und Haaren. Und das nun schon seit über zwanzig Jahren.

Die Ellenbogen auf dem Schreibtisch und das Kinn auf die gefalteten Hände gestützt blickte sie durch das Fenster in den blauen Himmel.

Sie erinnerte sich noch an den Tag, an dem sie als kleine Schreibkraft hier im Friedrich-Bott-Institut angefangen hatte. Ihr war, als wäre es erst gestern gewesen. Und auch jener Tag war ihr noch immer gegenwärtig, an dem ihr Dr. Weißgerber angeboten hatte, für ihn als seine persönliche Assistentin zu arbeiten. Wie stolz war sie damals gewesen! - Jedoch ohne zu ahnen, wie sehr sich mit diesem Tag ihr ganzes Leben verändern würde.

Inzwischen ging sie nun schon auf die Fünfzig zu. Nach Dr. Weißgerbers Tod vor nun fast zehn Jahren war sie aus Rationalisierungsgründen zunächst für zwei der Physiker im Hause als Sekretärin eingesetzt worden. Auch ein Institut für angewandte Physik und Elektronik kam um gewisse Sparmaßnahmen nicht herum. Die Menge der anfallenden Arbeiten wuchs jedoch so rapide, dass das Pensum bald für sie allein nicht mehr zu schaffen gewesen war. Aus diesem Grund hatte man ihr Bernd Michaelis zur Seite gestellt. Unter den jungen Leuten, die ihre Ausbildung im Institut absolviert hatten, war er der Beste gewesen, - ein aufgeweckter gescheiter junger Mann, ausgesprochen fleißig und von einer gewissen Höflichkeit, die ihr gefiel. Sie wußte, sie konnte sich zu jeder Zeit auf ihn verlassen.

Während sie selbst in Dr. Weißgerbers Büro umgezogen war, - freilich nicht, ohne einige kleine Renovierungs- und Modernisierungsarbeiten vornehmen zu lassen, - saß nun Bernd Michaelis in dem kleinen Zimmerchen nebenan, in dem sie jahrelang als rechte Hand des Doktors gearbeitet hatte.

Von Anfang an hatte Bernd seine Sache gut gemacht, nie hatte es einen Grund gegeben, sich über ihn zu beklagen. Manchmal empfand sie für ihn sogar so etwas wie für den Sohn, den sie nie hatte, und den sie auch niemals haben würde. Ihre Eltern hatten sehr darunter gelitten, dass sie, als ihr einziges Kind, nie geheiratet hatte. Sie hätten sich einen netten Schwiegersohn gewünscht und natürlich auch Enkelkinder. Inzwischen schienen sie sich aber damit abgefunden zu haben, dass Karins Leben anders verlaufen war, als sie es sich für sie gewünscht hatten. Vor allem war es aber wohl ihre Mutter, die sie schließlich doch besser verstand, als sie es ihr gegenüber zugab, denn Karin hatte sie einmal zu einer Verwandten sagen hören: „Wer in jungen Jahren eine so große Liebe verliert, der wird nie wieder mit einem anderen Menschen glücklich sein können."

Für Karin Wieland war das Friedrich-Bott-Institut zum Partner geworden. Ein Partner, der ihr alles abverlangte und dem sie sich bedingungslos opferte. Um zu vergessen, was ihr das Leben hätte bringen können.

Gedankenverloren blickte sie einem kleinen Schönwetterwölkchen nach, das über den blauen Himmel zog.

Ja, er war in Ordnung, der junge Michaelis, dachte sie noch einmal. Sie vertraute ihm, und zwar so sehr, dass sie sich in einer schwachen Stunde sogar einmal dazu hatte hinreißen lassen, ihm vom *Timeflyer* zu erzählen, der seit Dr. Weißgerbers Tod in ihrem Tresor ruhte. Und nicht nur das, sie hatte ihm sogar demonstriert, wie er funktionierte. Später hatte sie das manchmal bereut, hatte eingesehen, dass sie das nicht hätte tun sollen. Sie hätte diesen jungen Menschen nicht mit dem Wissen um dieses fantastische Gerät belasten dürfen. Natürlich hatte er ihr hoch und heilig versprochen, mit keiner Menschenseele darüber zu reden, doch sie wußte aus eigener Erfahrung, wie schwer es war, ein so gewaltiges Geheimnis für sich zu behalten. Gleichzeitig war sie sich aber auch sicher, dass man ihn für einen Fantasten halten würde, sollte er jemals ein Wort über den *Timeflyer* verlieren. Niemand würde ihm glauben. Die Menschheit war noch nicht bereit, gewisse Dinge, die sie sich nicht vorstellen konnte, für möglich zu halten oder gar zu akzeptieren. Reisen in der Zeit...? Unmöglich. Es kann nicht sein, was nicht sein darf.

Karin Wieland stand auf und lief zum Tresor hinüber. Sie gab die entsprechende Zahlenkombination ein und öffnete die schwere Tür. Mit fast zärtlichem Blick nahm sie das unscheinbare Lederetui heraus, zog den Reißverschluss auf und strich behutsam über das kleine runde Ding, das, auf roten Samt gebettet, darin lag. Zusammen mit dem Lederband, an dem es befestigt war, sah es auf den ersten Blick aus wie eine ganz gewöhnliche Armbanduhr. Ein wenig größer allerdings, und beim genaueren Hinsehen fiel auf, dass verschiedene Extras um ihn herum angeordnet waren. Zusätzliche Ringe, winzige Hebelchen und Knöpfe… Eine Uhr mit einer Reihe zusätzlicher Funktionen.

Per Testament hatte Dr. Weißgerber ihn ihr anvertraut, weil er wußte, dass er ihr genauso viel bedeutet hatte, wie ihm selbst. Ein Stück Zukunft, das ihr auch heute noch manchmal einen Blick in die Vergangenheit erlaubte, das es ihr möglich machte, im Laufe der Jahre nicht nur ein vergilbtes Foto des geliebten Mannes anzuschauen, sondern ihm immer wieder als einem lebendigen Menschen aus Fleisch und Blut zu begegnen. Vor Jahren, als sie noch jünger gewesen war, hatte sie ihn stets nur aus der Ferne beobachten können, inzwischen hatte sie jedoch ein Alter erreicht, in dem sie sicher davor war, von ihm erkannt zu werden.

Sie seufzte tief, verschloss das Etui wieder und legte es an seinen Platz zurück. Mit leisem dumpfem Schlag fiel die Tür des Tresors wieder ins Schloss. Sie legte einen Augenblick lang ihre Stirn an das kühle Metall, dann besann sie sich und schaute auf die Uhr an ihrem Handgelenk, - auf eine ganz gewöhnliche alltägliche Armbanduhr. Und sie beschloss, nun auch nach Hause zu gehen.

Bernd Michaelis wußte, er selbst würde kein besonders ruhiges Wochenende verbringen. Zwar hatte er den *Timeflyer* rechtzeitig wieder im Tresor deponieren können, bevor Frau Wieland zum Dienst erschienen war, und wie es aussah hatte sie auch keine Veränderung bemerkt, doch er machte sich Sorgen um Caro. Er hatte noch immer nicht mir ihr reden können.

Seit sie ihm den *Timeflyer* zurückgegeben und ihn heftig aus der elterlichen Wohnung hinauskomplimentiert hatte, - völlig aufgelöst und durcheinander, - war sie per Handy nicht mehr zu erreichen gewesen. Nach Feierabend wollte er sie nun in der Drogeriefiliale aufsuchen, in der sie arbeitete.

Nina, Caros Freundin und Kollegin kam ihm an der Ladentür entgegen, sie hatte ihn kommen und auf der gegenüberliegenden Straßenseite parken sehen.

„Sag, weißt *du*, was mit Caro los ist?", rief sie ihm entgegen. „Sie ist heute nicht zur Arbeit gekommen, und später hat ihre Mutter angerufen, um uns zu sagen, es gehe ihr nicht gut."

Sie trat zu Bernd auf die Straße und ließ mit einem mißtrauischen Blick ins Ladeninnere die Tür hinter sich ins Schloss fallen, denn Pascal, ihr Kollege hatte sich neugierig genähert und ließ weder sie noch Bernd aus den Augen. Dabei vermutete sie, dass er vielleicht sogar mehr wußte, als sie selbst. Zum einen, weil er bis vor kurzem, trotz eines Streits, mit Caro befreundet gewesen war, zum anderen, weil er der Stellvertreter der Marktleiterin war. Und wenn die etwas wußte, dann wußte er es auch.

„Ich verstehe das nicht", redete Nina weiter, „vorgestern Abend waren wir noch zusammen im Kino und anschließend was trinken im *Kaffee-Eck*. Da war sie noch gut drauf, und wir hatten viel Spaß miteinander. Es gab nicht die geringsten Anzeichen dafür, dass sie krank werden könnte. Gestern hat sie Überstunden abgefeiert, da hab ich sie gar nicht gesehen, aber heute hätte sie wieder arbeiten müssen."

„Ja, ich mach mir auch Sorgen um sie“, meinte Bernd, „ich habe schon den ganzen Tag über versucht, sie auf dem Handy zu erreichen, doch es ist abgeschaltet. Hat denn ihre Mutter nicht gesagt, *was* ihr fehlt?“

Nina hob die Schultern. „Wahrscheinlich hat sie das, aber die…“, sie wies mit einer Kopfbewegung in Richtung des Ladens, „…die sagen ja nichts. Es hieß nur, sie sei krank.“

„Vielleicht sollte ich ihre Mutter anrufen, und notfalls kann ich auch schnell mal hinfahren“, meinte Bernd. „Das ist so untypisch für Caro, dass sie sich nicht meldet.“

Ja, sagte er sich noch einmal, das passte gar nicht zu ihr. Und wenn er daran dachte, wie verändert sie von der Zeitreise zurückgekommen war, war ihm klar, da mußte etwas ganz Gravierendes passiert sein während ihres gemeinsamen Timeflyer-Experiments. Aber was? - Darüber konnte er natürlich nicht mit Nina reden, und darüber durfte auch, - um Gottes Willen, - niemand sonst etwas erfahren.

„Sagst du mir bescheid, wenn du etwas rauskriegst?“ bat sie ihn.

Er nickte. „Ja, mach ich.“

„Gut, treffen wir uns nach Ladenschluss im *Kaffee-Eck*?“

„In Ordnung. Vielleicht weiß ich bis dahin schon etwas mehr.“

Von der Drogerie aus machte sich Bernd auf den Weg in Richtung des Bayerischen Viertels, wo Carolin mit ihren Eltern wohnte. Nachdem er den Wagen auf dem zum Wohnblock gehörenden Parkplatz abgestellt hatte, wählte er noch einmal Caros Handynummer, doch es gab noch immer keine Verbindung. Vielleicht sollte er es auch einmal über das Festnetz versuchen, dachte er, doch falls Caros Mutter abnehmen würde…, sie wüsste doch noch weniger als er, was mit ihrer Tochter los war. Wenn Caro wirklich krank wäre, dann brauchte niemand drumherum zu reden oder ein Geheimnis draus zu machen, aber Bernd war sicher, sie war nicht krank. Das war etwas ganz anderes.

Er hob die Hand, wollte bei den Westermanns läuten, da er ja eh' schon vor dem Haus stand, doch dann ließ er die Hand wieder sinken. Würde Caro ihm öffnen, wenn sie durch die Sprechanlage erkennen würde, dass *er* es war?

Er hatte das Glück, dass gerade jemand aus dem Haus kam und ihn einließ, so konnte er ungehindert hineinhuschen, in den dritten Stock hinaufsteigen und sich schon mal Gedanken darüber machen, was er Caro sagen könnte.

Nein, er würde sich nicht abweisen lassen, sie konnte nicht länger abstreiten, dass sie den *Timeflyer* eigenmächtig verstellt hatte und damit in der Zeit gereist war. Sie mußte ihm erklären, wo sie während des Experiments gewesen war und was sie gemacht und erlebt hatte. Er hatte ein Recht darauf, es zu erfahren.

Den ganzen Tag über hatte er schon unzählige Szenarien vor seinen geistigen Augen vorüberziehen lassen, schreckliche Dinge, die ihr passiert sein *konnten*, und das machte ihm Angst. Was war so schlimm für sie gewesen, dass sie in Tränen aufgelöst zurückgekommen war? Und was war mit dem T-Shirt?

Hatte sie bei ihrer Rückkehr tatsächlich ein anderes getragen, als vorher, oder bildete er sich das nur ein? Inzwischen hätte er es nicht mal mehr beschwören können.

Und dann fiel ihm noch etwas ganz anderes ein, was ihr passiert sein könnte: Was, wenn sie versehentlich in die Zukunft geraten wäre? Was, um alles auf der Welt, könnte sie dort gesehen haben, was sie nicht hätte sehen dürfen? Wem war sie dort begegnet? Was hatte man mit ihr gemacht? - Wenn sie doch endlich reden würde.

Vor der Flurtüre der Westermanns atmete er noch einmal tief durch, bevor er den Klingelknopf drückte. Er hörte Schritte, dennoch dauerte es länger, als er erwartet hatte, bis geöffnet wurde, und dann stand Margit Westermann vor ihm, Carolins Mutter. Sie war blass, wirkte müde und schaute ihn bedrückt und sorgenvoll an.

„Hallo Bernd", sagte sie, machte aber keine Anstalten, ihn hereinzubitten.

„Frau Westermann, was ist mit Caro? Sie ist heute nicht auf der Arbeit gewesen. Ist sie krank? Ich mach mir Sorgen..."

„Es geht ihr nicht gut."

„Was fehlt ihr denn? Ist sie erkältet? Oder hat sie sich verletzt? Hat sie Schmerzen?"

Margit hob die Schultern. „Ich weiß es nicht, Bernd. Das ist ja das Schlimme, ich weiß es nicht. Sie redet nicht darüber. Auch nicht mit mir."

„Kann ich sie sehen?"

„Ich weiß nicht, ob sie *dich* sehen will. Ich glaube, sie scheint überhaupt niemanden sehen zu wollen."

„Bitte, fragen Sie sie.“

Die Frau seufzte, wandte sich dann aber um und ging auf Caros Zimmer zu. Einen Augenblick lang blieb sie stehen, klopfte dann ganz sacht und öffnete die Tür einen Spaltbreit. „Caro?“

Bernd hörte sie leise miteinander reden, konnte aber nicht verstehen, was sie sagten.

„Sie möchte dich nicht sehen,“ sagte Margit, als sie zu ihm zurückkam.

„Aber ich *muß* mit ihr reden. Sagen Sie ihr, dass es sehr wichtig ist. Erinnern Sie sie an…, an das Versprechen, das sie mir gegeben hat.“

Margit schaute ihn verwundert an, ging dann aber, um noch einmal mit ihrer Tochter zu reden.

„Nur fünf Minuten“, überbrachte sie ihm dann Caros Botschaft. Sie öffnete die Flurtür etwas weiter und ließ ihn eintreten.

„Ich weiß zwar nicht, was los ist und was das alles zu bedeuten hat, aber bitte, vielleicht bekommst du etwas Konkretes aus ihr heraus, damit ich weiß, was ihr fehlt und wie ich ihr helfen kann.“

„Ich werde es versuchen“, sagte Bernd.

Oh ja, er wollte es versuchen. Auch er wollte doch wissen, was am Tag zuvor in diesen drei Minuten geschehen war.

Caro saß in der Ecke ihrer Couch. Sie war bleich, und an ihren Augen sah man, dass sie immer noch manchmal weinte. Er setzte sich auf den Stuhl an ihrem Schreibtisch, - genau dahin, wo er am Vortag mit dem *Timeflyer* gesessen hatte.

„Es tut mir leid, Caro“, sagte er. Gleichzeitig aber dachte er: ‚Ist es eigentlich notwendig, dass *ich* mich bei dir dafür entschuldige, dass ich dir deinen Wunsch erfüllt habe? *Du* bist es doch gewesen, die sich nicht korrekt verhalten und nicht an die Abmachung gehalten hat.'

Andererseits…, er seufzte, - zum Teil war es auch *seine* Schuld, dass es ihr jetzt nicht gut ging, - zumindest insofern, als er ihrem Betteln nachgegeben und ihr den *Timeflyer* überlassen hatte. Das hätte er nicht tun dürfen. Niemals!

„Caro, bitte, du mußt mit mir reden. Du mußt mir sagen was passiert ist."

Sie schüttelte den Kopf. „Es ist nichts passiert", sagte sie leise.

„Aber du hast geweint? Du warst völlig aufgelöst und durcheinander. Und warum geht es dir heute noch so schlecht, dass du zu Hause bleiben musstest, anstatt zur Arbeit zu gehen? Was war los gestern, nachdem ich dich in die Vergangenheit geschickt habe? "

„Ich hatte auf einmal Angst, als du verschwunden warst. Und der Gedanke, dass ich in diesem Augenblick zweimal existiere, war mir unheimlich."

Er schüttelte den Kopf. „Nein, Caro, das kann es nicht gewesen sein, Caro. Es waren nur drei Minuten! Wärst du auf deinem Stuhl sitzengeblieben und hättest den *Timeflyer* nicht angerührt, hättest du in diesen drei Minuten gar nicht gemerkt, dass du dich in einer anderen Zeit befindest. Aber du hast etwas mit ihm gemacht. Warum nur? Warum willst du es mir nicht sagen?"

„Es war nichts, Bernd. Warum quälst du mich so?"

„Du quälst *mich*, Caro. Kannst du dir denn nicht denken, dass ich mir Sorgen mache?"

„Das mußt du nicht.“

„Doch, das muß ich. Du hast den *Timeflyer* verstellt, du hast ihn benutzt, obwohl du mir versprochen hast, nichts anzurühren. Du warst länger fort, als nur diese drei Minuten. Viel länger. Du hattest auf einmal ein anderes T-Shirt an, und dein Haar war länger als zuvor. Und dann die Tränen…“ Verzweifelt schaute er sie an. „Wo warst du, Caro? Was hast du gemacht? Und wie lange warst du fort? - Bitte, rede doch endlich mit mir.“

„Nein, nein, das ist doch Unsinn,“ fiel sie ihm ins Wort, aber er schüttelte den Kopf.

„Das ist kein Unsinn, Caro. Ich kann zwei und zwei zusammenzählen. Und deshalb ist es verdammt unfair von dir, dass du nicht mit mir darüber sprichst. Schließlich war ich es, der dir den *Timeflyer* anvertraut hat, und jetzt…“

Sie fing wieder an zu weinen. „Laß mich doch in Ruhe und geh endlich wieder!“, rief sie und vergrub ihr Gesicht in den Händen.

Er stand auf. „Ich dachte, wir seien Freunde“, sagte er leise, „aber scheinbar ist es dir gleichgültig, wie *ich* mich fühle.“

Er schob den Stuhl wieder unter den Schreibtisch. Betont langsam, weil er glaubte, dass sie sich doch noch zu seinen Vorwürfen äußern würde. Aber sie schwieg.

„Vielleicht bist du später bereit, darüber zu reden“, fügte er hinzu. „Später, wenn es dir ein bisschen besser geht.“

Leise verließ er das Zimmer, und sie hielt ihn nicht zurück.

Er wünschte, es gäbe jemanden, mit dem er seine

Sorgen teilen könnte. Jemanden, der verstand, worum es sich beim *Timeflyer* handelte, was für ein spezielles Wunderwerk er in seinen Händen gehalten und leichtfertig weitergegeben hatte... Doch wem sollte er sich anvertrauen? Selbst wenn er Nina oder seinem Bruder Gerd vom *Timeflyer* erzählen würde, sie könnten seine Ängste nicht nachvollziehen, weil sie nicht wüssten, welche Bedeutung dieses kleine Gerät hatte. Und weil sie kaum erahnen konnten, welche Auswirkungen es für einen Menschen haben könnte, wenn man nur den kleinsten Fehler damit machte.

Zum Glück war Caro überhaupt wieder zurückgekommen. Wäre ihr ernsthaft etwas passiert, hätte vielleicht nicht einmal Frau Wieland ihr helfen können, bevor sie nicht herausgefunden hatte, was überhaupt schiefgelaufen war.

Mein Gott, Frau Wieland! Was würde sie sagen, wenn sie wüsste, dass er den *Timeflyer* heimlich an sich genommen hatte? Würde sie sich nicht von ihm verraten fühlen? Betrogen? Könnte sie ihm dann jemals wieder vertrauen? Wahrscheinlich würde sie dafür sorgen, dass man ihn entließ oder zumindest in eine andere Abteilung versetzte. - Du lieber Himmel, warum hatte er sich das nicht vorher überlegt?

Zwei Tage später nahm Caro ihre Arbeit in der Drogerie wieder auf, aber sie hatte sich verändert. Sie war stiller und in sich gekehrter geworden. Da gab es kaum mehr etwas, was an die lustige junge Frau erinnerte, die mit den Kolleginnen ihre Späße gemacht hatte, und der es gefiel, mit der Marktleiterin zu streiten, wenn sie glaubte, im Recht zu sein. Sie ging

Pascal aus dem Weg, obwohl sie noch kurz zuvor versucht hatte, erneut mit ihm zu flirten, um den einen oder anderen Vorteil für sich herauszuschlagen. Auch von Nina zog sie sich zurück, obwohl die sich nicht erklären konnte, womit sie die Freundin verärgert haben könnte.

„Das wird wieder", sagte Bernd zu Nina, als sie sich im *Kaffee-Eck* trafen, und damit wollte er nicht nur sie beruhigen, sondern vor allem auch sich selbst.

Nina sah nicht unbedingt einen Nachteil darin, dass sich Caro zurückzog. Im Gegenteil. Wollte sie ehrlich sein, mußte sie zugeben, dass sie sich gern mit Bernd allein traf. Sie mochte ihn, und das nicht erst, seit es Gründe gab, sich mit ihm zusammenzusetzen, um über die gemeinsame Freundin zu reden. Sie hatte sich sogar besonders hübsch gemacht für diesen Abend.

Natürlich wußte sie, wie verliebt er in Caro war, sie wußte aber auch, wie sehr es ihn mitunter verletzt hatte, wenn sie ihn aus nicht nachvollziehbaren Gründen hatte zappeln lassen, oder wenn sie getan hatte, als sei er ihr völlig gleichgültig, - nur um zu demonstrieren, wie leicht sie ihn um den Finger wickeln konnte. Wie gern hätte sie, Nina, sich dann auf seine Seite geschlagen und sich um ihn gekümmert.

Männer wie Bernd gab es nicht sehr viele, fand sie. Er war so nett, so hilfsbereit und zuvorkommend, dazu klug und, wie sie wußte, im Institut, in dem er arbeitete, hoch angesehen… Sie wünschte, er sähe nicht nur eine von Caros Freundinnen in ihr, schließlich war sie mindestens genauso attraktiv wie sie. Hätte sie nicht die gleichen Chancen verdient? Könnte sie es nicht vielleicht sogar schaffen, ihn Caro vergessen zu lassen? - Wenn er ihr doch nur ein kleines bisschen entgegenkäme. Aber an diese Möglichkeit schien er gar nicht zu denken, so sehr war er auf Carolin fixiert.

Nein, - Nina seufzte tief, - wäre *sie* an Caros Stelle, sie wüsste, was zu tun wäre. Sie hätte ihn nicht immer wieder vor den Kopf gestoßen. Glaubte sie denn tatsächlich, dass eines Tages ein echter Prinz dahergeritten käme? Und wenn schon, mit dem Bernd wäre sie allemal besser dran.

3.

Geheimnisse

Eines Tages gab es Neuigkeiten, von denen sich Nina die große Chance erhoffte. Sie konnte es kaum erwarten, Bernd zu erzählen, was sie erfahren hatte, denn sie hoffte, dass er davon so tief betroffen sein würde, dass er jemanden wie sie zum Reden brauchte. Und dann wollte sie für ihn da sein...

In der Mittagspause rief sie ihn im Friedrich-Bott-Institut an. „Es gibt etwa Neues, Bernd, können wir uns heute Abend im *Kaffee-Eck* treffen?"

Sie wußte, er hatte es nicht gern, wenn sie ihn während seiner Dienstzeit anrief, doch das, was sie ihm zu sagen hatte, war von allergrößter Wichtigkeit, und sie war überzeugt davon, wenn er erst einmal wußte, worum es ging, würde er das genauso sehen.

„Was gibt's denn, Nina?", fragte er kurz, „du weißt, dass ich hier nicht so reden kann."

„Ja, das weiß ich, deshalb bitte ich dich auch, heute Abend ins *Kaffee-Eck* zu kommen. Es geht um..." Sie machte eine kleine Pause.

„Ja?"

„Es geht um... Caro."

Er stutzte einen Augenblick lang. „Und das kannst du mir nicht in zwei, drei Worten am Telefon sagen?", fragte er dann.

„Nein."

„Gut, dann bis heut Abend. Ich werde um acht Uhr dort sein."

Sie hätte gern noch ein paar weitere Andeutungen gemacht, um seine Neugier auf die Spitze zu treiben, doch zu ihrer Enttäuschung beendete er das Gespräch und legte auf.

Sie war früher im *Kaffee-Eck*, als ausgemacht. Eigentlich hatte sie damit gerechnet, dass auch er früher dort sein würde, denn da er ja nun wußte, dass es um Caro ging, würde er wahrscheinlich so schnell wie möglich erfahren wollen, was los war.

Doch dann kam er sogar fast eine halbe Stunde später und nahm sich auch noch Zeit, sich in aller Ruhe ein Bier zu bestellen und eine Zigarette anzuzünden, bevor er fragte: „Was ist denn nun mit Caro?"

Seine gespielte Gleichgültigkeit ärgerte sie, deshalb schlug sie ihm die Neuigkeit auch gleich wie mit einer Peitsche ins Gesicht: „Caro ist schwanger."

Wie erwartet zuckte er zusammen. „Sie ist was?", fragte er. Er glaubte, sich verhört zu haben.

Nina war zufrieden mit seiner Reaktion, sie hatte damit gerechnet, dass ihn diese Nachricht aus der Fassung bringen würde. „Ja, du hast recht gehört: Sie ist schwanger."

Er war tatsächlich um eine Nuance blasser geworden. „Wer sagt das?"

„Pascal."

„Euer Kollege Pascal? Hat sie wieder mit ihm…?"

Nina schüttelte den Kopf. „Nein, nein, das glaube ich nicht, dazu war sie viel zu wütend auf ihn nach ihrem Streit. Außerdem ist es auch schon fast ein halbes Jahr her, dass sie mit ihm Schluß gemacht hat…"

Bernd wollte nachrechnen, es wäre nicht das erste Mal, dass eine Schwangerschaft erst bemerkt wurde, wenn die Beziehung längst zu Ende war, doch er konnte im Augenblick keinen klaren Gedanken fassen.

„Wenn er das behauptet, muß das nicht unbedingt der Wahrheit entsprechen", warf er ein, „woher sollte er es denn wissen?"

„Ganz einfach. Wenn sie schwanger ist, mußte sie das der Chefin sagen, und Pascal ist nun mal die rechte Hand unserer Chefin."

Bernd schwieg einen Augenblick, am Mahlen seines Kiefers merkte sie aber, wie diese Neuigkeit mit ihm umging. Sie sah ihn von der Seite an, und ein Lächeln flog über ihr Gesicht. Sie hätte selbst nicht sagen können, ob es Spott oder Triumph war, was sie empfand. Vielleicht beides, weil er nun endlich begreifen mußte, dass Caro nicht die unfehlbare Heilige war, die er in ihr sah und die er so verehrte.

„Deiner Reaktion nach zu urteilen scheinst du nicht der Vater zu sein", meinte sie, und auch diesmal konnte sie den leisen Spott nicht zurückhalten.

Er überhörte ihre Bemerkung, fragte nur: „Hast du eine Ahnung, wer es sein könnte, wenn nicht Pascal?

„Nein, sie hat niemanden sonst erwähnt."

„Du bist doch ihre Freundin, du mußt doch wissen, ob es jemals einen anderen für sie gegeben hat, oder nicht? Einen, den wir vielleicht gar nicht kennen?"

Sie zuckte die Schultern. „Nein, nicht dass ich wüsste."

Er zog unruhig an seiner Zigarette. „Er muß ja nicht tatsächlich ihr Freund gewesen sein. Vielleicht nur ein Bekannter. Einer, der ihre Freundlichkeit falsch gedeutet oder sie ausgenutzt hat. Einer, der sie vielleicht sogar gegen ihren Willen…"

Nina war erschrocken. „Du meinst, sie könnte vergewaltigt worden sein? Mein Gott, wenn du das so sagst. Das könnte zu ihrem seltsamen Verhalten passen."

Auch Bernd war erschrocken. Seit ihrer Reise mit dem *Timeflyer* hatte er schon mehrfach an diese Möglichkeit gedacht, auch ohne von ihrer Schwangerschaft zu wissen, allerdings hatte er diesen Gedanken immer wieder weit von sich geschoben. Möglicherweise *zu* weit. Immerhin hatte sie den *Timeflyer* verstellt und war damit wesentlich länger unterwegs gewesen, als es im ersten Moment den Anschein gehabt hatte. Doch wohin war sie geraten? Was, wenn sie wirklich so etwas Schreckliches erlebt hätte?

Aber sie war zurückgekommen! Dem Himmel sei Dank. Was auch gewesen sein mochte, sie war zurückgekommen! Was wäre gewesen, wenn sie in einer anderen Zeit steckengeblieben oder festgehalten worden wäre? Irgendwo, wo man ihr wehgetan oder von wo es keine Rückkehr gegeben hätte?

Bernd spürte, wie sich Schweißperlen auf seiner Stirn sammelten. ‚Verdammt', dachte er zum soundsovielten Male, ‚wenn sie doch nur mit mir reden würde!'

„Ich werde versuchen, etwas herauszubekommen", sagte Nina, „obwohl das nicht einfach sein wird, so, wie sie jetzt drauf ist. Früher hat es nie Geheimnisse zwischen uns gegeben, aber im Augenblick redet sie ja selbst mit mir nicht viel."

Bernd nickte nur. Am liebsten wäre er aufgestanden und gegangen. Er mußte diese Nachricht erst einmal verdauen. Er hatte auch keine Lust, sich weiterhin mit

Nina über Caro zu unterhalten, - was gab es denn da noch zu reden? Sie wussten doch beide nichts Genaues.

Dennoch blieb er noch eine Weile sitzen. Sie brauchte nicht zu merken, wie tief seine Betroffenheit wirklich saß.

Auch in der folgenden Nacht schlief Bernd wieder schlecht. Er träumte wirres Zeug, von dem er am nächsten Morgen keine Einzelheiten mehr wußte, außer, dass sie Angst und Schrecken in seinem Bewusstsein hinterlassen hatten. Immer wieder fragte er sich: Was war mit Caro passiert? Was hatte sie erlebt? - Er mußte noch einmal mit ihr reden. Unbedingt. Und nicht nur per Telefon, wo sie einfach auflegen und ihn abweisen konnte. Nein, sie mußte ihm endlich Rede und Antwort stehen. Von Angesicht zu Angesicht.

Noch am selben Abend stand er wieder vor der Tür der Westermanns. Caro öffnete ihm selbst und schaute ihm aufseufzend entgegen. „Bernd, was ist denn schon wieder?" Zwar schien sie nicht wirklich böse zu sein, aber doch genervt von seiner Hartnäckigkeit.

„Wir müssen miteinander reden, Caro."

„Da gibt es nichts zu reden, das habe ich dir doch schon gesagt. Ich bin nach den drei vereinbarten Minuten…" Sie schwieg und warf einen schnellen Blick in Richtung Wohnzimmertür, die nur angelehnt war. „Doch, Caro, wir müssen miteinander reden. Gehen wir in dein Zimmer, oder möchtest du, dass wir die Sache vor deiner Mutter erörtern?"

Nun warf sie ihm doch einen bösen Blick zu, trat dann aber einen Schritt zurück und forderte ihn mit einer Kopfbewegung auf, einzutreten. Und dann öffnete sie ihm sogar die Tür zu ihrem Zimmer und schob ihn unsanft hinein, während sie in Richtung Wohnzimmer rief: „Mama, der Bernd ist da.“

„Das ist gut, Caro, rede mit ihm“, bekam sie zur Antwort, obwohl ihre Mutter am allerwenigsten wissen konnte, was es zwischen ihnen zu reden geben könnte. Sie hatte sich ihre eigenen Gedanken darüber gemacht, was vorgefallen sein mochte.

In Caros Zimmer blieb Bernd zunächst unschlüssig an der Tür stehen. Einen Augenblick lang war er versucht gewesen, sich auf ihre Bettcouch zu setzen, doch er wollte sie nicht provozieren, deshalb nahm er, wie das letzte Mal, an ihrem Schreibtisch Platz. Unweigerlich fiel sein Blick auf den kleinen tönernen Clown, der ihn aus dem Regal heraus anschaute.

Bevor er ihre Schwangerschaft ansprach, wollte er noch einmal versuchen, die Angelegenheit um den *Timeflyer* zu klären, wollte Licht in das Dunkel bringen. „Ist es so schwer für dich, mir zu erklären, warum du den *Timeflyer* umgestellt hast? Hast du einen bestimmten Plan gehabt? Ein bestimmtes Ziel? Oder bist du aus Versehen auf die falschen Ringe und Knöpfe geraten? Wenn ja, hast du das selbst wieder in Ordnung gebracht? Oder hat dir jemand dabei geholfen?“ Er schüttelte den Kopf. „Caro, ich glaube, du hast keine Ahnung, in welcher Gefahr du dich befunden hast.“

„Ich weiß gar nicht, was du willst“, antwortete sie leise, „ich bin doch nach der vereinbarten Zeit wieder zurück gewesen, oder nicht?"

Er lachte auf. „Ja, zum Glück. Was hättest du gemacht, wenn du nicht zurückgefunden hättest?" Er seufzte. „Du hättest das nicht tun dürfen, Caro. Das war unfair mir gegenüber, du hattest mir hoch und heilig versprochen, nichts anzurühren. Deshalb denke ich auch, dass ich das Recht habe, zu erfahren, wo du warst und was du gemacht hast."

„Nein, das hast du nicht. Der *Timeflyer* war wieder da und hat keinen Schaden genommen. Und du auch nicht."

„Aber *du* vielleicht." Er suchte ihren Blick, dann seufzte er noch einmal tief. „Du hast scheinbar wirklich vergessen, dass wir Freunde sind. Ich habe dir vertraut, habe mich auf dich verlassen, und jetzt willst du nicht einmal mehr offen mit mir reden."

Sie senkte den Kopf. „Ich kann nicht", sagte sie, aber auf einmal so leise, dass er sie kaum verstand. Und als er erstaunt aufschaute, sah er, dass ihr wieder Tränen in den Augen standen. War das dieselbe Caro, die ihn noch vor wenigen Augenblick ärgerlich abweisen wollte? Am liebsten wäre er aufgestanden und hätte sie in den Arm genommen.

„Caro, verstehst du denn nicht, dass ich mir Sorgen um dich gemacht habe? Und auch jetzt noch, nachdem ich erfahren habe, dass du... schwanger bist. Muß ich denn jetzt nicht davon ausgehen, dass dir etwas ganz Schreckliches widerfahren ist während dieser drei Minuten? Dass dich vielleicht sogar jemand...?"

Sie schaute erstaunt auf. „Nein, Bernd, nein. Niemand hat mich vergewaltigt, wenn es das ist, was du befürchtest. Niemand hat mir irgendetwas zuleide getan.“

„Ich weiß einfach nicht, ob ich dir das glauben kann.“

„Du kannst es mir glauben, Bernd. Während dieser drei Minuten ist nichts passiert, worüber du dir Sorgen machen müßtest, das schwöre ich dir.“

„Deine Schwangerschaft hat also nichts... mit diesen drei Minuten zu tun?“

Sie sah ihn nicht an dabei, als sie ihm antwortete, sie nestelte nur nervös an dem Kissen herum, auf dem sie saß. „Das ist eine ganz andere Geschichte. Du machst dir völlig grundlos Sorgen.“

Eine ganz andere Geschichte? - Er atmete tief aus. Oh mein Gott! Wenn das stimmte, dann..., dem Himmel sei Dank! Er glaubte, man hätte hören müssen, wie ihm in diesem Augenblick ein schwerer Stein von der Seele gefallen war. Obwohl..., die Tatsache, dass sie von einem anderen Mann schwanger geworden war, trug auch nicht gerade dazu bei, dass er sich gut fühlte.

„Kannst du mir trotzdem sagen, wer dir das angetan hat? Ich meine..., es ist doch ganz offensichtlich, dass du unglücklich bist. Und allein.“

„Ich kann nicht darüber reden.“

„Warum ist er nicht hier, an meiner Stelle? Warum kümmert er sich nicht um dich, sondern lässt dich einfach im Stich? Oder weiß er es noch gar nicht, dass du ein Baby haben wirst? Hast du es ihm noch gar nicht gesagt? Caro...“

Sie schüttelte den Kopf. „Es gibt überhaupt nichts, worüber du dir Sorgen machen müßtest“, wiederholte sie, „es geht mir gut, ich komme allein mit allem zurecht. Wirklich. Ich habe gute Gründe, warum ich noch nicht mit ihm geredet habe, und ich möchte einfach, dass du das akzeptierst."

Sie fuhr sich mit dem Handrücken über die Stirn und fügte hinzu: „Ich will, dass ihr mich, um Himmelswillen, alle in Ruhe lasst, verstehst du das denn nicht?"

„Aber…"

„Da gibt es kein Aber."

„Ich möchte dir doch nur helfen…"

„Dann kümmere dich einfach nicht mehr um mich, damit hilfst du mir am meisten."

„Aber wenn ich irgendetwas für dich tun kann…, wirst du es mir dann sagen?"

Sie nickte. „Ja, ja."

„Wirklich?"

„Ja, wirklich. Aber jetzt geh bitte, Bernd."

Unschlüssig saß er da und wußte nicht, was er tun oder was er noch sagen sollte. Schließlich stand er auf und lief langsam zur Tür. „Vergiss nicht: Ein Anruf genügt, ok?"

Sie nickte wieder. Und dann ging er wirklich, aber er fühlte sich noch genauso unglücklich wie zuvor. Ein wenig erleichtert zwar, denn was ihr passiert war, schien nichts mit ihrer Zeitreise zu tun gehabt zu haben. Doch, obwohl sie nicht die erste junge Frau war, die ungewollt schwanger geworden war, hatte er Mitleid mit ihr, wenn er daran dachte, was in nächster Zeit auf sie zukommen würde. Und das Schlimmste für ihn war, dass sie sich nicht von ihm helfen lassen wollte.

4.

Das Geständnis

In den kommenden Wochen hörte Bernd nicht viel von Carolin. Nina versuchte zwar immer wieder, ihn zu verschiedenen Treffen im *Kaffee-Eck* zu überreden, doch, wie er bemerkt hatte, wohl weniger, um mit ihm über Caro zu reden, als mehr, um ihn davon zu überzeugen, dass sie ihm genauso viel, wenn nicht gar mehr zu bieten hatte, als die Freundin. Doch selbst das, was sie herausfand, war nicht viel, und das hätte sie ihm auch am Telefon mitteilen können, dazu mußte er nicht stundenlang im Café herumsitzen.

Wie es schien, ging es Caro oftmals nicht besonders gut, sodass sie immer wieder für ein paar Tage von der Arbeit fernbleiben mußte. Mehrmals versuchte Bernd, mit ihr zu telefonieren, bot ihr wieder und wieder seine Hilfe an, doch sie war wortkarg. Und da er fürchtete, letztendlich wieder abgewiesen zu werden, scheute er sich, sie um ein weiteres Treffen zu bitten.

Doch der Zufall war auf seiner Seite.

Er hatte es sich zur Gewohnheit gemacht, an der Drogerie vorbeizufahren, wenn er im Institut Feierabend hatte, um einen Blick in den Laden zu werfen, oder abends, wenn die Geschäfte bereits geschlossen hatten, ein paar Runden im Bayerischen Viertel zu drehen, in der Hoffnung, Carolin irgendwo zu entdecken. Er fuhr dann ganz langsam, behielt die entsprechende Haustüre im Blick oder schaute hinauf zur Fensterfront der Westermanns. Fast hätte er dabei einmal einen kleinen Dackel übersehen, der ihm um ein Haar vor die Räder gelaufen wäre. Die Bremsen quietschten, das Frauchen des Dackels schimpfte, ein paar Kinder kamen neugierig angerannt und umstellten sein Auto.

Bernd hatte die Scheibe hinuntergedreht. „Tut mir leid", sagte er zu der Frau, die ihren Hund erschrocken an der Leine zu sich herübergezerrt hatte, „aber es ist ja nichts passiert, oder?"

Inzwischen waren noch mehr der Anwohner stehengeblieben, diskutierten darüber, wer schuld war: die Frau, die nicht gut genug auf ihren Liebling aufgepasst oder der Autofahrer, der das Tierchen übersehen hatte. Und plötzlich entdeckte Bernd Caro unter den Schaulustigen. Er begriff nicht gleich, dass sie es war, die erschrocken vor dem Auto stand und ihn durch die Frontscheibe anstarrte. Die fortgeschrittene Schwangerschaft hatte sie verändert, und bevor er sich bei ihr bemerkbar machen konnte, hatte sie sich schon abgewandt und war im Begriff, zurück ins Haus zu laufen.

Er lehnte sich aus dem Fenster. „Caro!", rief er. Er startete den Wagen und fuhr ihr langsam nach. „Caro! So warte doch!"

Ein kleiner Junge hielt sie an der Jacke fest. „Da ruft einer nach dir," sagte er zu ihr, und als sie sich von ihm losmachen wollte, fügte er hinzu: „Der mit dem Auto, der fast den Bobby überfahren hätte."

Bernd fuhr zur Seite und parkte das Auto, obwohl er wußte, dass das Parken dort nicht erlaubt war. Eilig stieg er aus, lief Caro nach und erreichte die Tür noch eine Sekunde vor ihr. „So lauf doch nicht weg, Caro. Komm, laß uns reden.“

Sie schaute ihn nicht an, zog mit einer Hand ihre Jacke vor der Brust zusammen, den anderen Arm hatte sie über ihren Bauch gelegt, als könnte sie ihn dadurch verstecken. „Es gibt nichts zu reden.“

„Steig in mein Auto, Caro, oder ich bleibe so lange hier im Parkverbot stehen, bis jemand die Polizei ruft.“ Sie merkte nicht gleich, dass er zwinkerte, als er das sagte. „Und wenn die kommt“, fuhr er mit einem Lächeln fort, „werde ich so ein Theater machen, dass du dir gewünscht hättest, du wärest eingestiegen.“

Sie verzog den Mund ein wenig, - es wäre zuviel gewesen, es als ein Lächeln zu deuten. Trotzdem schien es ihr peinlich zu sein, den Grund für irgendwelchen Aufruhr in der Nachbarschaft abzugeben. Sie sah sich nach seinem Auto um. „Aber nur zehn Minuten“, sagte sie.

„In Ordnung, zehn Minuten.“ Er nahm ihren Arm, um sie zum Wagen zu führen, aber sie machte sich heftig von ihm los. „Ich bin nicht so schwach, dass ich nicht alleine laufen könnte.“

Abbittend hob er die Hände. „Ok, ok!“ Er war ja froh, dass sie sich überhaupt bereiterklärte hatte, in sein Auto zu steigen.

Nachdem er das Bayerische Viertel hinter sich gelassen hatte, hielt er auf einem Parkplatz, der zu einer kleinen Grünanlage gehörte. Er schaltete den Motor ab. „Laufen wir ein Stück?“ fragte er sie.

„Nein, ich habe jetzt manchmal Schwierigkeiten mit dem Laufen.“

„Gut. Aber bei dem schönen Wetter sollten wir auch nicht im Auto sitzenbleiben. Wir könnten uns auf eine der Bänke setzen."

Sie antwortete nicht, aber er sah, dass sie den Sicherheitsgurt löste und nach der Türöffnung griff.

Er sah ihr beim Aussteigen zu, registrierte jede ihrer inzwischen schwerfälligen Bewegungen. ‚Meine arme hübsche Carolin', dachte er zärtlich. Wie hatte sie sich verändert. Ganz offensichtlich litt sie sehr unter dem Gewicht, das sie nun mit sich herumtragen mußte. Er seufzte. Um wieviel einfacher und leichter ist es doch für uns Männer, dachte er. Aber zum Glück war Caro keine Gewalt angetan worden, wie er zuerst befürchtet hatte, sie schien den Vater des Kindes gern gehabt zu haben. Und doch…. was für ein Mensch war er nur, dass er nicht bei ihr war, um ihr jetzt, in der schwierigsten Zeit, beizustehen.

Die Bank, auf der sie sich niederließ, stand in einer Nische aus Büschen und Sträuchern, die um diese Jahreszeit allerdings noch kahl und schmucklos waren und kaum Schutz vor fremden Blicken boten. Doch niemand begegnete ihnen, denn obwohl die Sonne schien, war es nicht warm genug, um viele Spaziergänger ins Freie zu locken.

Er wollte Caro weder drängen, noch in irgendeiner Weise in Verlegenheit bringen, deshalb schwieg er, vermied es, sie anzusehen, und wartete darauf, dass sie von sich aus ein Gespräch beginnen würde. Doch auch sie schwieg. Sie saß nur da, ein wenig in sich zusammengesunken, die Arme über ihrem Bauch verschränkt.

Bernd schluckte, eine Welle des Mitgefühls und der

Zärtlichkeit stieg in ihm auf. Es fiel ihm schwer, die Hand nicht nach ihr auszustrecken.

„Hat er sich inzwischen schon gemeldet?", fragte er schließlich. „Konntest du mit ihm reden?" Er ging davon aus, dass sie wußte, wen er meinte.

Sie schüttelte den Kopf. „Ich will nicht mit ihm reden."

„Aber warum nicht? Er könnte dir bei so vielem helfen, jetzt."

„Ich brauche niemandes Hilfe."

„Caro…"

„Du mußt kein Mitleid mit mir haben, es gibt keinen Grund dafür. Ich krieg ein Kind, ja und? Das haben schon viele vor mir mitgemacht. Wenn es erst auf der Welt ist, ist alles wieder in Ordnung, und das Leben geht seinen gewohnten Gang…"

„Caro, ich habe dir längst verziehen, dass du den *Timeflyer* benutzt hast. Ich konnte ihn rechtzeitig in den Tresor zurücklegen, Frau Wieland hat nichts gemerkt. Es tut mir leid, dass du, wo immer du mit ihm hingeraten bist, etwas erlebt haben mußt, was dich erschreckt oder was dir Angst gemacht hat. Du warst ja völlig aufgelöst und durcheinander, als du zurückkamst. - Was ich dir aber nur schwer verzeihen kann, ist die Tatsache, dass du dich in deinem Kummer nicht mir, deinem Freund, sondern einem anderen anvertraut hast. Einem, der dein Vertrauen nicht wert war, der es schamlos ausgenutzt hat. Der getan hat, als wollte er dich trösten und für dich da sein, der dich dann aber im Stich gelassen hat, als er erfuhr, dass du schwanger bist."

Sie schaute ihn an und schüttelte langsam den Kopf.

„Nein, Bernd, so war das nicht. Es war ganz ganz anders.“

„Dann sag mir, *wie* es war.“

Er sah, dass ihr wieder die Tränen kamen, - aber kein einziges Wort kam mehr über ihre Lippen. Wie gern hätte er sie in den Arm genommen und festgehalten, hätte ihr über das Haar gestrichen und ihr die Tränen weggewischt, aber er sah ein, dass er nichts für sie tun konnte, solange sie es nicht wollte. Gar nichts. Zumindest nicht jetzt.

„Ich wollte nur, dass du weißt, dass ich dir nicht böse bin, Caro“, sagte er leise.

Sie nickte, schwieg aber weiterhin, und ihm blieb nichts anderes übrig, als zu warten, bis sie ihm signalisierte, dass sie wieder nach Hause wollte.

Und wieder vergingen Wochen, in denen Bernd nichts von ihr sah oder hörte, - obwohl kein Tag verging, an dem er nicht an sie gedacht hätte.

Im April war es dann soweit: Sie brachte einen kleinen Jungen zur Welt und nannte ihn Finn.

Ihre Mutter hatte ihn angerufen, denn sie war überglücklich, dass alles gutgegangen war.

„Er ist so ein hübsches Kind, Bernd, du mußt uns besuchen kommen, sobald sie zu Hause sind.“

Am liebsten wäre er gleich ins Krankenhaus gefahren, doch er wußte, dass Caro das nicht gewollt hätte, und dass es außerdem zu Missverständnissen hätte führen könnte. Womöglich hätte ihn dann nicht nur Caros Mutter für den Vater des Kindes gehalten, sondern auch die Nachbarn und Freunde, und weil das ganz sicher nicht in Caros Sinn gewesen wäre, ließ er eine gewisse Zeit verstreichen, bevor er sie erneut um einen Besuch bat. Wahrscheinlich hätte sie ihm auch diesmal eine Absage erteilt, hätte ihr nicht ihre Mutter den Telefonhörer aus der Hand genommen, als sie bemerkt hatte, dass er der Anrufer war.

„Wir würden uns sehr über deinen Besuch freuen, Bernd", sagte sie, obwohl er im Hintergrund hörte, wie Carolin protestierte. Ihm war das unangenehm, denn er wollte sich keinesfalls aufdrängen, sondern nur helfen. „Sagen Sie ihr, dass ich nicht lange bleibe."

„Das geht schon in Ordnung, Bernd, mach dir keine Gedanken."

Margit Westermann war es dann auch, die ihm öffnete und ihn eintreten ließ. „Es tut mir leid, dass sie sich so störrisch aufführt", raunte sie ihm im Korridor zu. „Ich weiß nicht, was ich davon halten soll, Bernd. Es ist zwar heutzutage nichts Verwerfliches mehr, wenn eine unverheiratete Frau ein Kind zur Welt bringt, aber trotzdem sollte sie froh darüber sein, dass du dich zu ihr bekennst…" Sie legte ihm die Hand auf die Schulter. „Du weißt, ich habe dich von Anfang an gemocht, sie sollte dir dankbar sein, dass du so verantwortungsbewusst bist und immer wieder versucht hast, für sie und das Baby da zu sein."

Bernd stutzte und schüttelte heftig den Kopf. „Nein, Frau Westermann, ich glaube, Sie verstehen da etwas falsch. Ich bin nicht der Vater von Caros Kind," platzte er heraus.

Die Frau vor ihm erstarrte. Es dauerte einige Augenblicke, bis sie etwas erwidern konnte.

„Nicht?"

„Nein."

„Aber wer ist es dann?"

Er hob die Schultern „Das weiß ich nicht. Aber Caro und ich…, wir waren immer nur Freunde. Da war nie mehr zwischen uns…"

„Nicht?"

„Nein."

„Aber…" Für Caros Mutter schien es schwer zu sein, sich mit der neuen Situation abzufinden. „Warum will sie uns dann nicht sagen, wer es ist?"

„Sie wird ihre Gründe dafür haben. Gerade deshalb bin ich heute noch einmal hier. Wenn ich wüsste, wer er ist, könnte ich mich vielleicht mit ihm treffen und mit ihm reden, könnte herausfinden, was ihn davon abhält, Caro zur Seite zu stehen…"

Caro war unbemerkt aus ihrem Zimmer gekommen. „Nein, das kannst du nicht", fuhr sie ärgerlich dazwischen. „Wenn du deshalb gekommen bist, kannst du gleich wieder gehen."

Bernd hob die Hand. „Nein, Caro. Nein. Ich bin eigentlich nur hergekommen, weil ich wissen wollte, wie es dir geht. Wie es *euch* geht. Natürlich würde ich mit ihm reden, wenn es dir helfen würde, - wenn du das aber nicht willst, dann verstehe ich das und werde mich keinesfalls aufdrängen oder einmischen. Aber…"

„Was denn noch?"

„Ich würde gern… dein Baby sehen, wenn ich darf." Er versuchte zu lächeln.

Sie starrte ihn mit verschlossener Miene an. Doch plötzlich huschte ein Lächeln auch über ihr Gesicht. Ein ganz leises Lächeln. „Komm", sagte sie.

Bernd sah sich nach Frau Westermann um, die noch immer völlig betroffen neben ihnen stand, dann folgte er Caro in ihr Zimmer.

Das Kinderbettchen stand neben der Bettcouch, fasziniert starrte er auf das kleine schlafende Wesen darin. Die schmale Brust hob und senkte sich, der Atem ging ganz ruhig und gleichmäßig, die geballten Fäustchen lagen auf dem Kopfkissen daneben.

„Mein Gott, ich habe nicht gewußt, dass sie so klein sind", sagte er leise.

Carolin lächelte. „Ja, dabei war er gar nicht mal der Kleinste, er war vierundfünfzig Zentimeter groß."

„Er ist ein so süßer kleiner Kerl."

Was sollte er denn sonst sagen? Für jede Mutter war ihr Kind das süßeste auf der Welt.

„Caro, ich würde dir wirklich gern helfen, ich meine es ernst. Wenn du den Kleinen allein großziehen mußt, wird es nicht einfach für dich werden. Ich möchte dir nur sagen…"

„Ich weiß, was du mir sagen willst, Bernd. Wir sind Freunde, ja, und ich weiß, dass ich notfalls immer auf dich zählen kann. Aber trotzdem…"

„Nicht nur im Notfall. Caro…, wenn du damit einverstanden wärst…, wenn ich…, ich könnte mir sogar vorstellen…"

Er seufzte tief. „Caro, wenn wir heiraten würden, könnte ich den Kleinen adoptieren. Dann hätte alles seine Richtigkeit, und dann…"

Caro schaute ihn überrascht und fassungslos an. „Wie stellst du dir das vor, Bernd, das geht doch nicht…"

„Warum denn nicht? Du weißt, dass ich das nicht nur aus Mitleid tun würde. Ich liebe dich, und das schon seit einer Ewigkeit. Aber auch das weißt du. Gut, *du* liebst mich *nicht*, aber du weißt, dass du mir vertrauen und dich auf mich verlassen kannst, und das zählt doch auch."

Caro griff nach seiner Hand, - es war das erste Mal, dass keine Abwehr von ihr kam. „Das ist lieb von dir, dass du das sagst, Bernd. Aber überleg doch mal, das sind doch keine guten Voraussetzungen für ein harmonisches Zusammenleben. Außerdem wissen wir nicht, was die Zukunft noch bringen wird, vielleicht…"

„Du glaubst, dass sich der Vater des Kleinen doch noch bei dir melden wird? Hast du denn inzwischen mit ihm gesprochen?"

Sie schüttelte den Kopf, - traurig und unglücklich, und er dachte: Nein, ihr war weder Gewalt angetan, noch war sie im Stich gelassen worden. Im Gegenteil. Sie liebte diesen Mann, den sie vor neun Monaten getroffen hatte. Es mußte einen Grund geben, warum er sich nicht zu ihr bekennen konnte, oder warum sie es auf sich nahm, das Kind alleine und ohne ihn großzuziehen. Und Bernd wußte, weil sie diesen anderen Mann liebte, würde es für ihn niemals eine Chance geben. Resigniert nickte er. „Ich verstehe, Caro", sagte er leise, „aber vielleicht ändern sich die Zeiten, vielleicht kommt eines Tages alles anders, als du es dir erhofft hast. Dann denk daran, dass ich für dich da bin, wenn du mich brauchst."

Später fragte er sich, ob sie auch manchmal an ihn dachte, ob sie sich auch Gedanken über ihn und sein Angebot machte, oder ob das für sie von vornherein keine Option war. Und immer häufiger ertappte er sich dabei, dass er von Caro und dem Kind träumte, von einer eignen kleinen Familie. Für ihn hatte es immer nur Caro gegeben, und obwohl auch Nina eine hübsche junge Frau war und keinen Zweifel daran ließ, dass sie sich in ihn verliebt hatte, kam es für ihn nie in Betracht, Caro aufzugeben und sich Nina oder einer Anderen zuzuwenden.

So ging die Zeit dahin, und da er fürchtete, das Gegenteil von dem zu erreichen, was er sich in seinem tiefsten Innersten mit Caro wünschte, hielt er sich weitgehendst von ihr zurück.

Inzwischen schrieb man den August 2008. Bernd Michaelis war an diesem Nachmittag mit seinem Bruder Gerd zur Geburtstagsfeier eines gemeinsamen Freundes verabredet, und er hatte versprochen, ihn punkt 16 Uhr von zu Hause abzuholen. Vor einem Supermarkt hielt er kurz an, um eine Flasche Cognac zu besorgen. Den besten, den er finden konnte, denn er sollte das Geburtstagsgeschenk beider Brüder sein. Zwar ging Bernd davon aus, dass sich Gerd nur höchstens zu einem Drittel an den Auslagen beteiligen würde, doch im Hinblick darauf, dass er Student und somit permanent knapp bei Kasse war, hielt er das für akzeptabel.

In der Neuwaldstraße, einer engen Sackgasse in Schöneberg, in der Bernd Michaelis in einem alten Stadthaus zwei Zimmer im vierten Stock bewohnte, war nur schwer ein Parkplatz zu finden. Der einzige, der noch frei war, bescherte ihm einen kleinen Fußmarsch von hundert Metern, was seiner guten Laune allerdings keinen Abbruch tat. Pfeifend betrat er das Treppenhaus und begrüßte eine seiner Nachbarinnen, die, zum Ausgehen zurechtgemacht, die

Treppe herunterkam.

„Wo geht's denn heute hin, Frau Plischke? Wieder ein Treffen im Senioren-Club?"

Die alte Dame strahlte. „Nee, heut jeh ick mit meene Freundin Mathilde in'n Zoo. Mal seh'n, wat de Affen machen." Sie lachte kichernd, Bernd lachte mit und zwinkerte ihr zu. „Na, dann mal viel Spaß euch beiden."

„Danke, danke! Den ham wa bestümmt", zwitscherte Frau Plischke und ließ die Haustüre hinter sich ins Schloss fallen. Bernd schloss seinen Briefkasten auf und nahm die Post heraus. Erst dann fiel ihm ein großer brauner Umschlag auf, der unter den Kästen an der Wand lehnte. Dick und schwer, eher ein Päckchen, - jedoch ohne Marke und Poststempel. Und erstaunt stellte er fest, dass dieses Päckchen an ihn adressiert war. Schon beim Treppensteigen betrachtete er es von allen Seiten, fand aber keinen Hinweis auf den Absender. Doch noch bevor er die Wohnung aufschloss und eintrat, hatte er den Umschlag so weit aufgerissen, dass er einen Blick hineinwerfen konnte. Der Inhalt bestand aus einem Packen weißer Blätter, per Computer in *Times New Roman* bedruckt. Das Anschreiben obenauf zeigte Carolins Handschrift.

Von Caro also, wunderte er sich. Was waren das für Sachen, die sie ihm da schickte? Er blätterte sie flüchtig durch, erfasste hier und da ein Wort oder einen halben Satz, mit dem er aber nichts anzufangen wußte. Schließlich fand er heraus, dass es sich um eine Art Geschichte handeln mußte, die sie abgeschrieben oder abgedruckt hatte, denn die Aussagen verschiedener Personen, die darin vorkamen, waren in Gänsefüßchen gesetzt. Eine Geschichte, die in der Ich-Form erzählt wurde. Er wunderte sich erneut und fragte sich, was das sollte, und warum Caro ihm das zugeschickt hatte. Warum hatte sie nicht einfach das Buch, die Zeitung oder das Magazin, dem sie die Story entnommen hatte, in einen Umschlag gesteckt und an ihn adressiert? Und warum hatte sie ihn nicht angerufen und angekündigt, dass sie beabsichtigte, ihm etwas zu schicken, was ihr wichtig zu sein schien? Da er Caro kannte, lächelte er, denn er wußte, dass sie sich etwas dabei gedacht haben mußte.

Inzwischen war er schon ziemlich neugierig geworden. In seinem Wohnzimmer ließ er sich in einen Sessel fallen, legte den Stoß Papierblätter auf den Tisch neben sich und begann, den handgeschriebenen Brief zu lesen, der obenauf lag.

Berlin, im August 2008
Hallo Bernd,
ich weiß, dass du dich immer wieder gefragt hast, was im Sommer vergangenen Jahres in den drei Minuten passiert ist, in denen du mich mit dem Timeflyer *in die Vergangenheit geschickt hast. Du hast dich gewundert, warum ich bei meiner Rückkehr eine andere war, und warum ich mich dir gegenüber seither oft ziemlich unfair verhalten habe. Wahrscheinlich hätten wir damals gleich miteinander reden sollen, stattdessen bin ich dir aus dem Weg gegangen, als wäre es deine Schuld gewesen, dass ich unglücklich zurückgekommen bin. Ich hatte Angst, dir die Wahrheit zu sagen, denn entgegen unserer Abmachung habe ich dein Vertrauen missbraucht und hab den*

Timeflyer für meine eigenen Zwecke genutzt. Obwohl, vielleicht hätte ich dir damals, bei meiner Rückkehr, gar nicht alles so zusammenhängend und ausführlich erzählen können, wie ich es heute kann, nachdem ich Abstand gewonnen habe. In den letzten Monaten hast du immer wieder versucht, für mich da zu sein, - obwohl ich es nicht verdient habe. Dafür danke ich dir sehr. Du hast recht, ich bin es dir schuldig, dir endlich von diesen drei Minuten zu erzählen.

Ich wünsche mir, du kannst mich verstehen und mir hoffentlich auch verzeihen.

Caro

Bernd Michaelis ließ das Blatt sinken. Endlich gab sie es zu, dachte er aufatmend. Natürlich hatte er von Anfang an gewußt, dass sie den *Timeflyer* verstellt hatte, wie sonst hätte sie es fertigbringen können, nach drei Minuten so völlig verändert wieder vor ihm zu stehen? Wie oft hatte er nach diesem Zwischenfall nachts wachgelegen und sich Vorwürfe gemacht, weil er ihrem Drängen nachgegeben hatte. Immer wieder hatte er versucht, mit ihr darüber zu reden, sie zum Erzählen zu bewegen, doch stets war sie ihm ausgewichen und hatte geschwiegen. Dabei hätte er ihr doch niemals Vorwürfe gemacht, denn, Gott sei Dank, sie war ja zurückgekommen. Heil und gesund, so hatte es jedenfalls ausgesehen.

Den *Timeflyer* hatte er damals so schnell wie möglich und unbemerkt wieder in den Tresor zurücklegen können, ohne dass Frau Wieland bemerkt hatte, dass er für kurze Zeit verschwunden gewesen war. Dem Himmel sei Dank. Doch irgendetwas mußte mit Caro in diesen drei Minuten geschehen sein. Etwas, was ihr Leben verändert hatte, worüber sie bisher nicht hatte reden können. Würde sie ihm nun ihr Geheimnis anvertrauen?

Er streckte die Hand nach der ersten Seite aus, hielt dann aber noch einmal inne, um sich eine Zigarette anzuzünden. Dann erst lehnte er sich in seinem Sessel zurück, zog den Rauch tief in seine Lunge hinein, griff nach dem ersten bedruckten Blatt und begann zu lesen:

„23. Juni 2007. - Ich hatte kaum eine Veränderung bemerkt, und wäre Bernd nicht plötzlich verschwunden gewesen, hätte ich gedacht, das Ding hätte gar nicht funktioniert…"

5.

Die Reise in die Vergangenheit

23. Juni 2007 - Ich hatte kaum eine Veränderung bemerkt, und wäre Bernd nicht plötzlich verschwunden gewesen, hätte ich gedacht, das Ding hätte gar nicht funktioniert. Ich stand inmitten meines Zimmers und schaute mich um. Dasselbe Zimmer, derselbe Blick aus dem Fenster, derselbe strahlend blaue Himmel wie zuvor. Und doch befand ich mich, dank des kleinen Gerätes an meinem Handgelenk, in der Vergangenheit. Am Vormittag des Vortages.

Ein leises Gefühl aus Angst und Aufregung saß mir im Magen. Als ich jedoch noch weiter in mich hineinhorchte, stellte ich fest, dass ich mich trotz allem gut fühlte. Mir war nichts passiert, ich hatte die Sache ohne Probleme überstanden.

Ich atmete tief durch, und die Angst verflog. Das was blieb, war Aufregung und Herzklopfen. Eine Art Hochstimmung erfasste mich sogar. Ich hatte etwas erfahren, wovon ich niemals geglaubt hätte, dass es das geben könnte. Etwas, das bisher noch kaum ein anderer Mensch auf der Welt vor mir erlebt hatte: Drei Minuten in der Vergangenheit! Und ich sagte mir, dass ich wahrscheinlich sogar ein ganzes Jahr lang in der Vergangenheit bleiben könnte, anstatt nur diese drei Minuten, wenn ich das wollte. Oder zehn Jahre. Oder gar zwanzig. - Im Grunde konnte ich das immer noch, denn solange ich dieses Wunderding an meinem

Handgelenk trug, konnte ich bestimmen, in welche Zeit es mich bringen sollte. Und ja, ich wollte es ausprobieren und nicht so schnell wieder hergeben. Wenn Frau Wieland, wie Bernd vermutete, immer noch manchmal in die Vergangenheit reiste, warum sollte es dann nicht auch für mich möglich sein?

Allerdings mußte ich mich schnell entscheiden, und zwar bevor die drei Minuten abgelaufen waren. Da gab es doch das rote Hebelchen, mit dem man, wie Bernd mir erklärt hatte, die Rückkehr in die Ausgangszeit verhindern konnte. Sollte ich…? Ich legte den Finger darauf. Erst nur ganz leicht, dann kippte ich es mutig zur Seite und wartete, den Blick auf den Wecker im Regal gerichtet. Eine Minute…, zwei Minuten…, drei Minuten… Nichts geschah, Bernd blieb verschwunden. Demnach mußte es geklappt haben: Ich befand mich noch immer in der Vergangenheit.

Aufatmend setzte ich mich an den Schreibtisch und überlegte, was ich tun könnte. Schließlich gab es jetzt tausend Möglichkeiten für mich, und nun hatte ich ja auch Zeit. - Im wahrsten Sinne des Wortes: Viel Zeit!

Natürlich mußte ich aus der Wohnung verschwinden, bevor Mama nach Hause kam. Vor mir selbst war ich sicher, wußte ich doch, dass ich erst kurz vor Mitternacht wieder heimkommen würde. Der Gedanke, dass es mich im Augenblick zweimal gab, - einmal im Laden und einmal hier in meinem Zimmer, - war faszinierend, flößte mir aber doch auch wieder ein wenig Unbehagen ein. Ja, ich mußte fort, sagte ich mir, und am besten weit fort. - Doch wohin sollte ich gehen? In eine andere Stadt und einige Jahre weiter zurück in die Vergangenheit? Oder gar in die Zukunft?

Mich fröstelte. - Nein, keinesfalls in die Zukunft. Nach meiner Rückkehr wollte ich nicht mit einem Wissen leben müssen, das möglicherweise negativ oder quälend war. Doch in der Vergangenheit hatte es ganz sicher die eine oder andere Geschichte gegeben, die ich gern miterlebt hätte. Den Fall der Mauer zum Beispiel, ich war damals zwei Jahre alt gewesen, viel zu klein, um zu begreifen, welche Bedeutung dieses Ereignis für uns alle gehabt hatte. Oder einen Auftritt der legendären Beatles? Dummerweise wußte ich nicht, ob sie jemals in Berlin gewesen waren. Und wenn…, wo und wann sollte das gewesen sein?

Während ich noch überlegte und mich unschlüssig umschaute, fiel mein Blick auf das Poster von Ronaldo Carrera an der Wand über dem Sideboard. Der große Carrera, dachte ich, einer der bedeutendsten Konzert-Pianisten in unserem Land und in unserer Zeit. Seit mich meine Cousine Flory einmal mit in eines seiner Konzerte genommen hatte, bewunderte ich ihn sehr. Vor allem hatte es mir die Eleganz angetan, die er ausstrahlte, wenn er sich, in schwarzem Frack und mit weißer Hemdbrust, vor seinem Publikum verneigte und sich dann charmant lächelnd auf dem Schemel am schwarzglänzenden Flügel niederließ. Ich hatte den Atem angehalten und über die Schnelligkeit gestaunt, mit der seine Finger über die Tasten tanzten und diese wunderbare Musik hervorzauberten…

Nachdenklich betrachtete ich das ausdrucksvolle kantige Gesicht des Mannes auf dem Plakat, die wilde blonde Mähne, die ihm ins Gesicht hing, die leuchtend blauen Augen, das strahlende jungenhafte Lachen und die lustigen Fältchen in den Augenwinkeln. Ein Mann um die vierzig, schätzte ich, - über sein genaues Alter konnten selbst die renommiertesten Boulevardblätter keine genaue Auskunft geben. Ein sehr schöner Mann, wie ich fand, wenngleich er vom Alter her mein Vater hätte sein können.

Hatten Flory und ich nicht erst vor kurzem tief bedauert, dass wir ihn nicht als jungen Mann hatten kennenlernen können, weil wir zwei Jahrzehnte zu spät auf die Welt gekommen waren? Wir hatten uns gefragt, welche Art Kind er wohl gewesen sein mochte, ob er jeden Tag freiwillig auf dem Klavier geübt hatte? Oder hatten ihn seine Eltern mit List und Tücke dazu bringen müssen, wie das bei Flory der Fall war? Ob er auch schon als Junge diesen Charme und diese Faszination auf seine Mitmenschen ausgestrahlt hatte? Vielleicht nicht, denn sowas lernte man wahrscheinlich erst später, wenn man älter war und sich der erste Ruhm eingestellt hatte.

Dennoch hatte sich im Handumdrehen plötzlich die Idee in meinem Kopf festgesetzt: Warum sollte ich nicht Ronaldo einen Besuch abstatten, in einer Zeit, in der er wahrscheinlich selbst noch gar nicht ahnte, wie berühmt er einmal sein würde? In einer Zeit, in der er noch ein kleiner frecher Lausbub war?

Angenommen er wäre jetzt vierzig, überlegte ich und fing an zu rechnen. Ginge ich fünfundzwanzig Jahre in die Vergangenheit zurück, bis ins Jahr 1982, dann wäre er gerade mal fünfzehn. Sollte er aber erst achtunddreißig sein, dann wäre er 1982 erst dreizehn. Vielleicht auch vierzehn. Wahrscheinlich wäre er in diesem Alter noch nicht so von sich eingenommen wie später, wenn er schon einen Namen hatte. Da könnte man ihm sicher noch die verrücktesten Fragen stellen, und man würde auf alles eine Antwort bekommen. Bisher hatte ich immer einen guten Draht zu Jugendlichen gehabt, sicher könnte ich auch Ronaldo dazu bringen, sich mit mir zu unterhalten. Und ich würde vielleicht vieles über ihn erfahren, wovon selbst die Zeitungsleute heutzutage noch nichts wussten.

Doch fünfundzwanzig Jahre, das war eine verdammt lange Zeit. Im Jahre 1982 war ich ja selbst noch gar nicht geboren, meine Eltern hatten sich vielleicht gerade erst verlobt. - Bei dem Gedanken mußte ich lächeln. Auch ihnen einen Besuch abzustatten könnte interessant sein, dachte ich, doch eine innere Stimme riet mir davon ab und sagte mir, dass es Dinge gab, die man doch lieber bleiben lassen sollte.

Während meiner Überlegungen kroch mir aber doch wieder ein bisschen die Angst die Kehle hinauf, und ich sagte mir, dass es wahrscheinlich vernünftiger wäre, besonders ausgefallenen Pläne aufzugeben und einfach nur ein einziges Jahr in die Vergangenheit zurückzugehen, und nur irgendwohin in die nähere Umgebung. Nach Magdeburg vielleicht..., oder in den Spreewald. Oder sollte ich vielleicht sogar lieber ganz brav, wie abgemacht, um 10.11 Uhr zu Bernd zurückkehren?

Doch inzwischen ließ mich mein waghalsiger Plan nicht mehr los. Nicht nur, dass es ein großartiges Erlebnis wäre, den jungen Ronaldo Carrera zu treffen, als er noch Ronald Heltau hieß, - nein, es wäre auch eine einmalige Chance für mich, einen Blick in das Leben der 80er Jahre zu werfen, in die Vergangenheit, von der ich kaum etwas wußte. Sollte ich mir diese

Chance entgehen lassen? Würde ich es nicht mein Leben lang bereuen, wenn ich darauf verzichten würde? Bisher war ich doch noch nie einem Risiko aus dem Weg gegangen, oder? Was sollte denn schon passieren? Wenn Frau Wieland dieses Ding noch manchmal benutzte, wie Bernd vermutete, dann mußte es doch auch noch funktionieren. Und es einzustellen schien gar nicht so schwierig zu sein. Ich durfte nur nicht hierbleiben, nicht in meinem Zimmer und nicht in dieser Stadt. Hierzubleiben konnte insofern gefährlich werden, weil es mich jetzt zweimal gab. Immerhin wäre es möglich, dass mich jemand an zwei verschiedenen Orten gleichzeitig traf. Ich lehnte mich zurück, atmete tief durch und dachte noch einmal gründlich nach. Was konnte ich tun? Und was lieber nicht?

Ich hatte gelesen, dass die Familie Heltau früher in Hamburg-Eppendorf gewohnt hatte, dort war Ronaldo geboren, aufgewachsen und zur Schule gegangen. Sollte ich mich tatsächlich für das Jahr 1982 entscheiden, dachte ich, dann wäre das eine verdammt große Zeitspanne, die ich überbrücken müsste. Das Gravierendste an der Geschichte wäre sicherlich nicht, dass es damals noch die DM gegeben hatte, denn so lange lag die Währungsumstellung noch nicht zurück, als dass ich damit nicht zurechtkommen würde. Aber damals war doch auch das Leben ein ganz anderes, als im Hier und Jetzt in meiner Zeit. Es gab weder Handys noch wußte man viel über Computer. Es gab keine CDs, sondern nur Langspielplatten und Music-Cassetten. Die Fernseher waren klobig mit riesiger Röhre, und auf den Straßen würden mir lauter Oldtimer begegnen.

Wie würde ich mich in einer solchen Welt zurechtfinden? Käme ich mir da nicht vor wie ein Komparse in einem Film über eine längst vergessene Zeit? - Aber..., war nicht gerade *das* das Reizvolle an meinem Vorhaben? Ich würde etwas erleben, was nie ein Mensch zuvor erlebt hatte. Nicht einmal Frau Wieland, denn wahrscheinlich ging sie niemals zurück bis in eine Vergangenheit, die sie nicht selbst erlebt hatte. War das dann nicht genau das Richtige für mich?

In Hamburg kannte ich niemanden, demnach konnte ich sicher sein, dort weder jemanden aus meinem Verwandten-, noch aus meinem Freundeskreis zu treffen. Von Berlin bis Hamburg war es auch nicht so sehr weit, besonders wenn ich in meiner Zeit reiste und den ICE nahm. Auf diese Weise konnte ich die Fahrkarte sogar in Euro bezahlen und mir Schwierigkeiten bei der Durchquerung der DDR ersparen, die es ja damals noch gab.

Ich seufzte tief. Da war an so vieles zu denken.

In der Schreibtischschublade fand ich ein leeres Oktavheftchen, darin wollte ich mir Notizen machen und jeden einzelnen Schritt meiner Zeitreise protokollieren, um keinesfalls die Übersicht zu verlieren. Und fest entschlossen trug ich die ersten wichtigen Daten ein: Abreise: am 23. Juni 2007, Ankunft: Hamburg, in der Vergangenheit am 23. Juni 1982. Rückkehr spätestens am 23. Juni 2007 gegen 10 Uhr hier in meinem Zimmer, um dann punkt 10.11 Uhr zu Bernd zurückzukehren.

Ich machte mir auch Gedanken, wie ich vorgehen sollte, wenn ich erst in Hamburg war. Dort brauchte ich eine Unterkunft, doch der Hundert-DM-Schein, den ich sozusagen als Erinnerungsstück in einer Keksdose aufgehoben hatte, würde in der Vergangenheit nicht weit reichen. Jedenfalls nicht, um damit ein paar Tage ein Hotelzimmer und Verpflegung zu bezahlen. Es sah also so aus, als müsste ich den größten Teil meines dortigen Aufenthalts in meiner eigenen Zeit verbringen, und nur sporadisch in das Jahr 1982 wechseln. Das war nicht nur ziemlich umständlich, weil ich dadurch den *Timeflyer* immer wieder umstellen mußte, es erhöhte auch die Gefahr, dass sich mal ganz schnell ein Fehler einschlich. Aber eine andere Möglichkeit gab es nicht.

Ich füllte also mein Portemonnaie mit allem Geld, das mir im Augenblick zur Verfügung stand, schob mein Sparbuch und den Hundert-DM-Mark-Schein ein, und fand in einem Väschen im Regal noch etwas von dem alten Kleingeld. Davon konnte ich mir in der Vergangenheit schnell mal eine Kleinigkeit kaufen, - einen Kaffee beispielsweise, eine Cola, oder ein Hörnchen.

Mit fliegenden Fingern packte ich eiligst ein paar Kleidungsstücke in meine Sporttasche, - Sachen, von denen ich glaubte, dass ich sie brauchen würde. Sie mussten praktisch sein, durften aber in der Vergangenheit nicht auffallen. Zum Glück hatte es auch damals schon Jeans gegeben, und neben der, die ich auf der Fahrt tragen wollte, brauchte ich noch eine zweite. Dazu ein paar T-Shirts mit kurzen und mit langem Arm, einen leichten Pulli, Socken, Unterwäsche für etwa fünf Tage und ein paar bequeme Sandalen. So hoffte ich, für alles gerüstet zu sein, - ich hatte ja keine Ahnung, wie das Wetter im Sommer

1982 gewesen war, und Zeit um zu recherchieren blieb mir nicht.

Ausweis, Geld und das Sparbuch verstaute ich in meiner Umhängetasche. Im Kühlschrank fand ich noch eine Packung Schokoriegel und eine Flasche Eistee, die ich dazupackte.

Dann die nächste Frage: Was war mit Laptop und Handy? - Doch nein! Beides hatte in der Vergangenheit nichts zu suchen und würde mir auch nicht viel nützen. Im Gegenteil, ich würde beides immer wieder verstecken müssen, - wahrscheinlich war es schon schwierig genug, den *Timeflyer* immer wieder vor neugierigen Blicken zu verbergen.

Bevor ich schließlich aus dem Flur ins Treppenhaus trat, schrieb ich eine weitere Notiz in mein Heftchen: *23. Juni 2007 - 10.40 Uhr: Ich verlasse das Haus.*

Zu spät sah ich Frau Meerbold aus dem ersten Stock die Treppe herunterkommen, und obwohl ich versuchte, mich noch einmal in den Korridor zurückzuziehen, hatte sie mich schon entdeckt.

„Hallo Caro, willst du verreisen?" fragte sie neugierig, „Wo soll's denn hingehen?"

Ich war erschrocken. „Ja, - nein, - ich besuche eine Freundin", antwortete ich schnell, und ohne sie anzusehen oder mich auf eine Unterhaltung mit ihr einzulassen, stürmte ich an ihr vorbei und aus dem Haus, als wäre ich in allergrößter Eile. Erst Minuten später fiel mir die Szene wieder ein, in der ich am Tag zuvor mit Bernd in unseren Korridor geflüchtet war. Genaugenommen war es für mich ja kaum eine Stunde her, dass sie behauptet hatte, mich mit Taschen bepackt im Treppenhaus gesehen zu haben. Natürlich hatte sie recht gehabt! Nur, dass ich um diese Zeit von meinem Vorhaben selbst noch gar nichts gewußt hatte.

Mit der U-Bahn fuhr ich zum Hauptbahnhof und löste am Schalter eine Fahrkarte nach Hamburg. „Hin- und zurück?", fragte mich der Bahnbeamte, aber ich schüttelte den Kopf. „Nein, einfach bitte." Ich wußte ja noch gar nicht, was auf mich zukommen und wie sich alles entwickeln würde.

Danach mußte ich über eine halbe Stunde auf dem Bahnsteig ausharren, bis der ICE endlich kam. Es war kalt und zog heftig, doch während dieser Zeit hatte ich noch einmal Gelegenheit, gründlich über mein Vorhaben nachzudenken. Noch konnte ich aufgeben, nach Hause fahren, pünktlich zur rechten Zeit vor Bernd erscheinen und ihm den *Timeflyer* zurückgeben, als sei nichts gewesen. Doch ich hatte mich nun einmal auf das Abenteuer eingelassen, und ich war neugierig und gespannt auf das, was mich erwartete. Es gab kein Zurück mehr. Ich wollte das Jahr 1982 kennenlernen und mit ihm den kleinen Klavierspieler, der einmal ein so großer Pianist werden würde. Und ein so gut-aussehender faszinierender Mann.

Die Fahrt im ICE war etwas ganz Besonderes für mich, denn bisher hatte ich nur wenig Gelegenheit gehabt, mit dem Zug zu fahren. Für unsere Urlaubsreisen war immer nur das Auto in Frage gekommen. Fasziniert wie ein kleines Kind verfolgte ich, wie die verschiedensten Landschaften und Szenerien an mir vorüberflogen: Wiesen und Felder, Ortschaften und Städte, große und kleine Bahnhöfe... Und immer wieder vergaß ich, auf welch spannender

Reise ich war, und ich erschrak vor meinem eigenen Mut, wenn es mir wieder bewußt wurde.

Nach etwas mehr als zwei Stunden war ich in Hamburg.

Weil ich mich nicht auskannte, nahm ich mir ein Taxi und ließ mich nach Eppendorf fahren, und der Chauffeur gab mir sogar noch einen Tipp mit auf den Weg, wo man besonders gut und günstig im Zentrum dieses Stadtteils essen konnte. Das kam mir sehr gelegen, denn jetzt erst merkte ich, dass ich seit dem Frühstück nichts mehr gegessen hatte, und dass sich mein Magen schon recht laut und deutlich dagegen wehrte.

Der Taxifahrer hatte recht gehabt, es war ein sehr nettes kleines Restaurant, das er mir empfohlen hatte, und ich nahm mir vor, es auch am nächsten Tag wieder aufzusuchen. Doch noch wußte ich ja nicht, was mir der neue Tag bringen würde und vor allem, wie schnell ich ein geeignetes Zimmer finden würde. Hätte ich Gelegenheit gehabt, mich auf eine solche Reise vorzubereiten, hätte ich mir im Internet eine hübsche kleine Pension gesucht, aber die hatte ich ja nicht. Es war alles so schnell gegangen.

Doch auch in dieser Sache hatte ich Glück, denn ich war mit der Bedienung des Restaurants ins Gespräch gekommen, und sie pries mir die Pension ihrer Tante an: *Pension Rotärmel*. Klein aber fein, wie sie mir versprach, und nur ein paar Häuser weiter.

Ein buntbemaltes Schild über dem Eingang war der einzige Hinweis auf die kleine unscheinbare Pension in der Nähe der Fußgängerzone. Dort wollte ich zuerst einmal ausschlafen und mich dann am nächsten Morgen meiner neuen Aufgabe widmen.

Ein netter älterer Herr mit weißem Haar begrüßte mich freundlich und überreichte mir feierlich den Schlüssel, als sei es ein ganz besonderes Privileg, in diesem Haus logieren zu dürfen. Er trug mir meine Tasche aufs Zimmer hinauf in den ersten Stock und fragte mich, wie lange ich bleiben wolle.

Ich hob die Schultern. „Das weiß ich selbst noch nicht so genau“, sagte ich, „ich bin auf einer Art Entdeckungsreise.“

Er lachte, wahrscheinlich konnte er sich nichts darunter vorstellen.

„Morgen früh geht's los“, erklärte ich ihm und gähnte demonstrativ, „deshalb muß ich mich jetzt erst einmal richtig ausschlafen.“

„Aha, verstehe.“ Er hob die Hand und lachte wieder. „Dann wünsche ich Ihnen eine gute Nacht.“

Als er gegangen war, schaute ich mich erst einmal im Zimmer um. Es war nett, - einfach und sauber. Für ein paar Tage reichte es, sagte ich mir, da brauchte ich keine Luxusunterkunft. Es sollte ja nur ein Platz sein, an dem ich mein Gepäck unterstellen und schlafen konnte, die meiste Zeit würde ich eh' unterwegs sein.

Müde ließ ich mich auf das Bett fallen und…, ob ich wollte oder nicht, - schon im nächsten Augenblick fielen mir die Augen zu, und ich schlief ein. Tief und fest und traumlos.

Dementsprechend fühlte ich mich auch frisch und ausgeruht am nächsten Morgen, als ich gegen halb neun Uhr mein Zimmer verließ, um herauszufinden, wo es etwas zu essen und vor allem einen Kaffee gab.

Für das Frühstück war der Tisch in einem kleinen sonnigen Raum gedeckt, und dann kam ein junger Mann mit einer großen Kanne, begrüßte mich freundlich und schenkte mir Kaffee ein.

„Ich hoffe, Sie haben gut geschlafen," meinte er lächelnd. „Fehlt noch etwas? Hätten Sie lieber Honig statt Marmelade zum Brötchen? Oder was ganz anderes?"

„Nein, danke." Ich lächelte zurück. „Es ist alles in Ordnung. Der Kaffee ist das Wichtigste."

„Das geht den meisten so," meinte er. „Erst einen Kaffee, dann geht's weiter."

Er sah nett aus. Irgendwie erinnerte er mich ein bisschen an Bernd, und in diesem Augenblick wurde mir das erste Mal bewußt, wie sehr ich ihn eigentlich betrog, indem ich die kleine Zeitmaschine ohne sein Wissen für mich eingesetzt hatte. Instinktiv griff ich an mein linkes Handgelenk.

Ich hatte den *Timeflyer* während der Nacht abgenommen und auf den Nachttisch gelegt, um ihm keinen Schaden zuzufügen, und ich war erschrocken aufgefahren, als ich wach wurde und ihn nicht mehr an meinem Handgelenk spürte. Oh mein Gott, ihm durfte keinesfalls etwas geschehen. Von ihm hing zur Zeit alles ab, - sogar mein Leben.

Der junge Mann hieß Timo. Er setzte sich zu mir, sah mir beim frühstücken zu und erzählte mir seine Geschichte. Er kam aus Dänemark und verbrachte seine Ferien bei seinen Großeltern, die diese kleine Pension unterhielten.

„Wenn Sie Zeit und Lust hätten, könnte ich Ihnen ein bisschen was von Eppendorf zeigen", bot er sich an,

„ich kenne mich sehr gut aus, weil ich fast jeden Sommer hier bin."

Bedauernd hob ich die Schultern. „Das ist wirklich lieb von Ihnen, aber es gibt einige äußerst wichtige Dinge für mich zu erledigen, da werde ich wohl keine Zeit haben, mich um etwas anderes zu kümmern."

„Schade", meinte er.

Ich versuchte, meine linke Hand mit dem *Timeflyer* möglichst unter dem Tisch zu halten, deshalb schien er gar nicht aufzufallen, obwohl er ein wenig größer war, als meine normale Uhr, die ich nun am rechten Handgelenk trug. Ich dachte mir, ich sollte ihn nicht nur vor fremdem Blicken verstecken, sondern ihn vor allen Dingen auch schützen. Aber wie? Es war Sommer, und wenn es warm und sonnig war, trug man keine Kleidung mit langen Ärmeln, unter denen ich ihn hätte verbergen können. Also mußte ich mir etwas anderes einfallen lassen. - Ein Pulswärmer vielleicht? - Oh ja, dachte ich, das war eine gute Idee.

Also war die erste Handlung an diesem Morgen, dass ich nach einem Andenken-Shop Ausschau hielt, wo ich fand, was sich suchte: Ein Paar Pulswärmer aus blauem Frottee mit weißer Werbung für den HSV. Das mochte zwar witzig aussehen an einem warmen sonnigen Sommertag wie diesem, doch, - falls jemand fragen sollte, - ich könnte schließlich auch eine Verletzung darunter verbergen.

Um herauszufinden, wo die Heltaus vor fünfund- zwanzig Jahren gewohnt hatten, mußte ich in der Vergangenheit nach einem Telefonbuch Ausschau halten. Da es damals noch genügend der gelben Fernsprechhäuschen gegeben hatte, die alle mit einem der dicken Telefonverzeichnisse ausgestattet waren, - sofern die nicht entwendet oder Seiten davon herausgerissen waren, wie man oft gehört hatte, - würde ich die Anschrift schnell finden. Doch zuerst mußte ich nach einem geeigneten Platz suchen, an dem ich ungesehen die Zeit wechseln konnte.

Langsam lief ich zur Pension zurück, ich hatte herausgefunden, dass sich ein Haus in der Nachbarschaft besonders gut für den Übergang eignete.

Ich lief ein paar Schritte in den kleinen mit hohen Büschen und Sträuchern bewachsenen Garten hinein, duckte mich ein wenig, und nachdem ich das entsprechende Hebelchen hinuntergedrückt hatte, sahen die Büsche um mich herum auf einmal ganz anders aus, doch sie waren ebenso hoch und dicht und verdeckten mich genauso gut wie die, die es zuvor in meiner Zeit gegeben hatte.

Neugierig erhob ich mich und trat vorsichtig auf die Straße hinaus. Im Gegensatz zu dem, was ich bei meinem Experiment mit Bernd in jenen drei Minuten in meinem Zimmer gesehen und empfunden hatte, wurde mir schon im nächsten Augenblick klar, dass mich diesmal etwas ganz anderes erwartete. Damals hatte ich keine Veränderung feststellen können, doch hier sah ich auf den ersten Blick, dass ich in einer völlig anderen Zeit gelandet war. Fasziniert schaute ich mich um. Viele der Läden sahen jetzt ganz anders aus, als noch vor wenigen Minuten. Weniger bunt, weniger grell, weniger voll beladen mit Unmengen der verschiedensten Artikel.

Aber die *Pension Rotärmel* hatte es auch damals schon gegeben, und ich fragte mich, wer wohl jetzt, in diesem Augenblick in meinem Zimmer wohnte.

Doch nicht nur die Läden und Geschäfte in der Fußgängerzone hatten sich verändert, sondern auch die Straße selbst mitsamt den Menschen, denen ich begegnete. Das Pflaster war an manchen Stellen renovierungsbedürftig, anstelle des Brunnens, den ich vor Minuten noch bewundert hatte, stand nun ein anderer, und die Bänke drum herum fehlten. Gebannt blieb ich stehen und schaute den Fußgängern nach. Ihre Kleidung, ihre Frisuren, die Utensilien, die sie bei sich trugen…, alles schien mir plötzlich fremd, und ich mußte mir Mühe geben, niemanden länger als notwendig anzusehen.

Nicht weit von der Pension entfernt fand ich eine der gelben Telefonzellen. Darin war es eng, stickig und schmutzig, und tatsächlich, viele der Seiten im Telefonbuch waren zerrissen und zerfleddert oder fehlten ganz. Da konnten wir froh sein, dass wir in unserer Zeit nicht mehr darauf angewiesen waren, weil inzwischen so gut wie jeder sein eigenes Handy in der Tasche hatte.

Ich fand heraus, dass die Heltaus etwas abseits vom Zentrum in der Hermann-Weber-Straße wohnten. Ich wußte nicht, wie weit entfernt das war, aber laut Stadtplan war die Gegend gut zu Fuß zu erreichen. Das ersparte mir eine Busfahrt, und ich konnte meine Markstücke noch eine Weile für Anderes, vielleicht Wichtigeres aufheben.

Ich atmete noch einmal tief durch, dann machte ich mich auf den Weg.

6.

Ronald Heltau

Die Hermann-Weber-Straße gehörte zu einem hübschen gepflegten Stadtviertel in Eppendorf. Die breite Straße wurde durch einen Grünstreifen in der Mitte in zwei Fahrbahnen geteilt, und auf diesem Grünstreifen stand eine Reihe alter Kastanienbäume, zwischen denen die verschiedensten Autos parkten. Autos, die das Herz eines jeden Oldtimer-Fans aus meiner Zeit hätten höherschlagen lassen. Neben etwas klobig anmutenden Opel-Modellen gab es pastellfarbenen Limousinen mit hochgezogenen Heckflossen von Ford, und natürlich auch jede Menge VW-Käfer, - alte und neue, und in den verschiedensten Farben.

Das Haus der Heltaus war ein Gebäude mit Flachdach, es sah aus, als hätte jemand einen viereckigen weißen Würfel einfach in grünem Baum- und Buschwerk versenkt. Von der Straße aus führte ein von Hecken gesäumter Plattenweg bis vor die Haustüre, neben der ein Schild aus weißer Emaille angebracht war mit der Aufschrift: *Dr. Robert Heltau, Arzt für Allgemeinmedizin und Geburtshilfe.*

Inzwischen war es kurz vor elf Uhr. Neben der Tür in einem Ständer, standen drei Fahrräder und ein buntes Kinderdreirad, demnach schien die Vormittagssprechstunde noch nicht zu Ende zu sein.

Ich blieb stehen und lauschte, ob von irgendwoher

im Haus Klaviergeklimper kam, doch bis auf das Gezwitscher der Vögel in den Baumwipfeln und dem Geräusch der auf der Straße vorüberfahrenden Autos war nichts zu hören. Ich vermutete, dass der Junge noch in der Schule war, oder, falls die Sommerferien schon angefangen hatten, mit seinen Freunden irgendwo Fußball spielte. Auch klavierspielende Wunderkinder brauchten hin und wieder einen Ausgleich, dachte ich mir.

Vorsichtig drückte ich die Haustüre auf und warf einen Blick in das Innere des Vorraumes. An einer Wand hing ein Mitteilungsbord mit Hinweisen auf verschiedene Veranstaltungen und Impfungen, sowie die Ermahnung, den notwendigen Krankenschein für das laufende Quartal nicht zu vergessen. Aus dem Wartezimmer hörte man Stimmen und lautes Husten.

Ich sagte mir, dass es da ganz sicher noch einen anderen Eingang geben mußte, einen, der zum Privatbereich der Arztfamilie gehörte. Und tatsächlich, als ich in die kleine Nebenstraße einbog, die halb um das Anwesen herumführte, entdeckte ich eine weitere Haustüre. Dort verwies kein Schild auf den Herrn Doktor, es gab nur zwei Klingelknöpfe mit kleinen unscheinbaren Namensschildchen. Und auf einem davon stand *Heltau*.

Ich atmete tief durch. Schön, dachte ich, ich hatte mich darauf eingelassen, nun mußte ich, trotz Herzklopfens, auch den nächsten Schritt tun. Falls Ronaldo…, aber halt, von nun an sollte ich wohl besser von Ronald sprechen. - Falls also Ronald nicht zu Hause war, konnte man mir vielleicht sagen, wo ich ihn finden oder wann er wieder heimkommen würde. Ich hatte mir eine plausible Geschichte zurechtgelegt, die selbst seine eventuell misstrauische Mutter akzeptieren konnte, falls sie es wäre, die mir öffnete. Ich wollte erzählen, ich sei eine Studentin, die im Auftrag eines Meinungsforschungsinstituts alle Teenager in der Umgebung nach ihren Gewohnheiten in Sachen Schule und Freizeit befragte. Damit ich glaubwürdig wirkte, hielt ich Block und Kugelschreiber griffbereit in der Hand.

Noch einmal atmete ich tief durch, und in der nächsten Sekunde hatte mein Finger schon den Klingelknopf hinuntergedrückt. Ich erschrak, als ich den schrillen Ton durch das Haus schallen hörte. Einem ersten Impuls folgend wäre ich am liebsten davongelaufen, doch aus dem Inneren des Hauses waren bereits klappernde Schritte zu hören, und im nächsten Augenblick öffnete sich die Haustüre, und eine rundliche Frau in hellblauer Kittelschürze stand vor mir. Ihr dunkles, bereits von einigen Silberfäden durchzogenes Haar war straff zurückgekämmt und im Nacken zu einem Knoten zusammengefügt. Aufgrund ihres dunklen Teints und der dunkelbraunen Augen, mit denen sie mich fragend ansah, vermutete ich, dass sie Spanierin oder Italienerin war. „Ja, bitte?", fragte sie weder besonders freundlich noch unfreundlich.

„Guten Tag, ich…", begann ich zu stottern, fing mich dann aber gleich wieder und fragte: „Ist Ronald zu Hause?"

Insgeheim betete ich, er möge nicht zu Hause sein, denn hätte ich ihn auf einem Sportplatz oder irgendwo beim Federballspielen auf der Straße getroffen, hätte ich es leichter gehabt, mit ihm zu reden.

Die Frau musterte mich misstrauisch, ließ mich sekundenlang auf eine Antwort warten und meinte dann: „Einen Augenblick."

Er war also zu Hause. Nun gut, deshalb war ich schließlich hier. Ich mußte mich locker und leger geben, sonst hatte ich bei einem Halbwüchsigen von vornherein verloren, - war ich doch nur um einige Jahre älter als er. ‚Hallo Ronald', wollte ich zu ihm sagen, ‚hast du was dagegen, wenn wir uns mal ein bisschen unterhalten?'

Die Frau in Hellblau verwehrte mir den Einblick in die Halle, indem sie die Tür anlehnte, doch dann hörte ich sie mit lauter schriller Stimme rufen: „Ronnie!". Und dann noch einmal: „Ronnie! Da ist eine junge Dame, die dich sprechen möchte."

Ich hörte jemanden eine Antwort brummen. Wenn das Ronald war, dann mußte er den Stimmbruch bereits hinter sich haben. Vielleicht sollte ich ihn doch nicht mehr wie ein Kind behandeln, sondern gleich zur Sache kommen und ihm ohne große Umschweife meine Aufgabe für das Meinungsforschungsinstitut erklären. Doch dann wurde die Tür vor mir aufgerissen, und ich glaubte, mein Herz müsse stehenbleiben. Vor mir stand ein junger Mann, groß, mit breiten Schultern, wilder blonder Mähne und leuchtend blauen Augen. Das war kein Teenager mehr, der auf dem Bolzplatz Fußball spielte

„Hallo", sagte er verwundert und taxierte mich vom Scheitel bis zur Sohle. Dann grinste er. „Was gibt's denn?"

Mir war alles Blut aus dem Gesicht gewichen, ich konnte ihn nur anstarren. Sollte das Ronald Heltau sein? Hatte ich mich derart verrechnet? War das der Ronaldo, mit dem ich hier in der Vergangenheit hatte reden wollen? Zumindest sah er dem Poster sehr ähnlich, und was noch dazukam: Er war der hübscheste und attraktivste junge Mann, dem ich jemals in meinem Leben begegnet war. Zumindest war das mein erster Eindruck. Er musterte mich noch immer lachend. „Was ist los? Hat's dir die Sprache verschlagen?"

Ich wurde rot und wußte nicht, was ich sagen sollte. Mir war klar, dass ich die Geschichte mit der Meinungsumfrage vergessen konnte.

„Ja... nein...", stammelte ich. „Ich habe ein Problem, ich..."

„Das merke ich. Und woraus schließt du, dass ich dir dabei helfen kann?"

„Ich weiß nicht..." Noch immer fand ich nicht die richtigen Worte, und am liebsten hätte ich auf dem Absatz kehrt gemacht und wäre davongelaufen.

„Wenn Sie... du... Sie... einen Augenblick Zeit für mich hätten...?"

Er hielt mir die Tür auf. „Aber ja doch, komm rein."

Ich schüttelte den Kopf und trat einen Schritt zurück. Auf neutralem Boden würde ich mich sicherer fühlen. „Vielleicht können wir ein paar Schritte laufen?", schlug ich ihm vor.

„Aber warum denn, in meinem Zimmer sind wir ungestört." Er nahm meinen Arm und zog mich über die Schwelle. „Du hast mich neugierig gemacht, jetzt will ich auch wissen, wo dich der Schuh drückt. - Woher kennst du mich eigentlich? Haben wir gemeinsame Freunde? Hat dich einer von ihnen zu mir geschickt?"

„Nein." Ich folgte ihm zu der Tür, die von der Halle aus in sein Zimmer führte. Die hellblaue Dame lehnte währenddessen am Treppengeländer und beobachtete uns.

„Es ist gut, Maria", sagte er in ihre Richtung, und mit einem „…immer nur Mädchen im Kopf…" wandte sie sich brüsk ab und stieg die Treppe hinauf.

„Wenn es nach ihr ginge, müsste ich leben wie ein Mönch", erklärte er mir lachend.

In seinem Zimmer forderte er mich auf, mich zu setzen. „Kann ich dir was zu trinken anbieten?" Er öffnete einen kleinen Kühlschrank in der Ecke des Raumes und schaute sich nach mir um. „Cola? Wasser?" Er zwinkerte mir zu. „Oder was Schärferes, bis du dich wieder gesammelt hast?"

„Nein…, ja, vielleicht einen Schluck Cola."

„Einen Schluck Cola also." Er lachte wieder, nahm die Cola-Flasche aus dem Kühlschrank und schenkte zwei Gläser ein, dann setzte er sich zu mir. „Also dann! Wie kann ich dir helfen?"

Sein Blick fiel auf das HSV-Schweißband an meinem linken Handgelenk. Er wollte danach greifen, aber schnell zog ich den Arm zurück. „Gibt es einen bestimmten Grund dafür, dass du dieses Ding da trägst? Bist du HSV-Fan?"

„Ja…, nein…, ja…", ich fing wieder an zu stottern, ich traute mich kaum, ihn anzusehen. Nicht nur, weil ich das Gefühl hatte, dass er sich königlich über mich amüsierte, sondern auch, weil er so verdammt gut aussah. Und was sollte ich denn sagen?

„Ich hab mir das Handgelenk verstaucht, da dachte ich, das gibt mir ein bisschen Halt."

„Wie hast du das denn fertiggekriegt? Tut's weh? Zeig mal her, vielleicht kann sich's mein alter Herr mal ansehen."

Ich schüttelte heftig den Kopf. „Nein, nein, ist halb so schlimm. Ich dachte nur…" Ich versuchte, den Arm hinter meiner Umhängetasche zu verstecken.

Um mein Gegenüber von meinem Arm abzulenken, schaute ich mich auffällig im Raum um. Ein bisschen *zu* auffällig, - was erneut ein Grinsen bei ihm auslöste.

Das Zimmer war nicht sehr groß. Der kleine Tisch, an dem wir saßen, stand vor einem Fenster, durch das der Blick in einen Garten fiel: Bäume, Büsche, sehr viel Grün. An der Schmalseite des Raumes stand eine Regalwand voller Bücher und mit einem Fach für Schallplatten, gegenüber eine Couch oder Liege, über der ausgebreitet eine Quiltdecke lag. Und in einer Ecke stand ein Klavier, und das erinnerte mich schließlich wieder daran, weshalb ich eigentlich hergekommen war. „Sie... du... Sie sind wirklich Ronald Heltau?"

Er lachte auf. „Aber ja, was dachtest du denn, wer ich bin? - Übrigens, hör um Himmels Willen auf mit dem Sie. Und dann sag mir erst mal, wer *du* bist."

„Ich heiße Carolin. Carolin Westermann", sagte ich wahrheitsgemäß. Es bestand keine Notwendigkeit, meinen Namen zu verschleiern. Er hatte mich noch nie gesehen und würde mich auch in Zukunft nie mehr sehen.

„Ok, Carolin. - Nun endlich zu deinem Problem."

„Das ist nicht so einfach zu erklären." In meinem Kopf ratterte es. Ich mußte ihm einen Grund dafür nennen, warum ich ihn hatte sprechen wollen, doch mir wollte nichts einfallen. Schließlich konnte ich nicht sagen, dass ich aus der Zukunft kam und einfach nur wissen wollte, was er gemacht hatte, bevor er der große Pianist geworden war.

„Ich… ich habe dich für viel jünger gehalten, ich dachte, du wärst vielleicht dreizehn oder vierzehn…"

„Und nun bist du enttäuscht?" Wieder ein Grinsen.

„Nein, nur etwas verwirrt."

„Und was hättest du von dem vierzehnjährigen Ronald gewollt?"

Ich schaute zum Klavier hinüber. „Es ist…, du spielst Klavier...?"

Er nickte. „Ja, ein bisschen."

„Ein bisschen?" Ich war überrascht. Sollte ich vielleicht doch an den Falschen geraten sein? Aber er lachte schon wieder. „Nein, genaugenommen ist es ein bisschen mehr, als nur ein bisschen. Seit zwei Jahren bin ich an der Musikhochschule, speziell in Sachen Klavier."

Dann zwinkerte er mir lächelnd zu. „Und du?", fragte er, „hat dich jemand von meinen Kommilitonen zu mir geschickt? Hast du auch mit Musik zu tun?"

„Nein, ich bin nicht so musikalisch, dass ich ein Instrument spielen könnte. Außer ein bisschen Blockflöte als Kind. Aber ich höre schrecklich gern Klaviermusik."

„Und du bist gekommen, um mir das zu sagen?"

„Ja… nein…, ich verbringe meinen Urlaub hier in Hamburg, und…"

„Du bist gar nicht von hier?"

„Nein, ich komme aus Berlin."

„Dann hättest du nach Ostfriesland oder auf eine der Inseln fahren sollen, um Urlaub zu machen. Oder nach

Schleswig-Holstein. Es gibt recht schöne Sehenswürdigkeiten in Hamburg, aber um Urlaub zu machen hier in der Stadt...? Aber naja, du wirst deine Gründe dafür haben, warum du ausgerechnet hierher gekommen bist."

„Als eine Bekannte meiner Familie hörte, dass ich nach Hamburg fahre, meinte sie, ich sollte dann unbedingt den Ronald Heltau aufsuchen. ,Der Junge spielt großartig Klavier‘, hat sie gesagt."

Er hob die Augenbrauen und runzelte die Stirn. „Jetzt schwindelst du aber, oder?"

„Nein, ganz bestimmt nicht."

„Wer war denn das? Kenne ich sie? Wie heißt sie denn?"

Die einzige, die mir in diesem Augenblick einfiel, war Frau Meerbold. „Es ist eine ältere Dame, Therese Meerbold. Sie wohnt in unserem Haus."

Er schüttelte den Kopf. „Nie gehört", meinte er. „Aber ok, grüß sie von mir." Er schaute flüchtig zum Klavier hinüber. „Wenn du allerdings jetzt erwartest, dass ich dir was vorspiele, dann muß ich dich enttäuschen. Im Augenblick habe ich keine Lust dazu, und außerdem spiele ich nur für Leute, die ich gut kenne. Und dich kenne ich noch nicht gut genug."

Ich hob die Schultern, doch bevor ich etwas sagen konnte, fügte er hinzu: „Was natürlich nicht bedeutet, dass ich dich nicht noch besser kennenlernen *könnte* und eines Tages bereit wäre, dir was vorzuspielen."

„Dazu werde ich wohl nicht lange genug hier sein", gab ich zu bedenken.

„Wie lange?"

„Das weiß ich noch nicht so genau. Ein oder zwei

Tage vielleicht. Höchstens."

„Dann müssen wir uns aber beeilen."

„Beeilen? Womit?"

"Mit dem Kennenlernen." Dabei sah er mich wieder so grinsend an, dass ich erneut unsicher und verlegen wurde. „Du bist ein sehr hübsches Mädchen", stellte er fest, „ich denke, es lohnt sich, dich besser kennenzulernen."

Ich wollte lässig darüber hinweggehen und mich nicht noch mehr verunsichern lassen, deshalb sagte ich so ernst wie möglich: „Ich verstehe ja, dass du nicht jedem was vorspielen magst. Als Kind hab ich es auch immer gehasst, wenn ich zu Weihnachten Blockflöte spielen mußte."

„Blockflöte!" Er lachte auf. Dann fügte er hinzu: „Naja, bis Weihnachten würde ich dich nicht warten lassen…"

Mein Gott, er lachte mich regelrecht aus, fand ich. Und zwar von Anfang an, und das ärgerte mich. Außerdem…, was hatte er gegen eine Blockflöte? War ein Klavier in seinen Augen etwas Besseres, als eine Blockflöte?

Es war seltsam, ich fragte mich plötzlich: Was tue ich eigentlich hier? Ich hatte das Experiment *Vergangenheit* auf mich genommen, um den *Timeflyer* zu enträtseln, und weil ich wissen wollte, wer Ronald Heltau in jungen Jahren einmal gewesen war. Schön, das wußte ich nun, - warum sollte ich mich jetzt noch länger mit ihm unterhalten, da er mich doch ganz offensichtlich nicht ernst nahm und dauernd nur über mich lachte? Auf der anderen Seite: Wie hätte er mich auch ernst nehmen sollen, so, wie ich da bei ihm hineingeschneit war? Da war es doch kein Wunder, dass er sich über mich lustig machte.

Ich rutschte unruhig auf dem Stuhl hin und her, inzwischen wollte ich nur noch weg. Nicht nur aus diesem Haus, sondern auch aus der Hamburger Vergangenheit. Zurück nach Berlin, nach Hause. Was hatte ich mir nur dabei gedacht, eine so weite Reise auf mich zu nehmen, nur um den *Timeflyer* auszuprobieren? Hätte es nicht gereicht, meinem ersten Impuls nachzugeben und nur nach Potsdam oder in den Spreewald zu fahren?

Gut, ich hatte die Gelegenheit gehabt, am Vormittag ein bisschen durch die Straßen von Eppendorf zu laufen, durch das Eppendorf von 1982, und das war sehr spannend und aufregend gewesen. Eine einmalige Chance, die ich so nie wiederbekommen würde. Ich hatte vieles erfahren und entdeckt, wovon ich bisher keine Ahnung gehabt hatte, und ich hatte mit Menschen geredet, die in meiner eigenen Gegenwart vielleicht längst gestorben waren...

Doch es war anders gelaufen, als ich es geplant hatte, der Junge, mit dem ich hatte reden wollen, hatte sich als erwachsener Mann entpuppt. Sicher, auch er war der berühmte Pianist Ronaldo Carrera, wenn er das selbst auch noch nicht wußte, und es war interessant, ihn *vor* seiner großartigen Karriere kennengelernt zu haben. Aber war das diesen ganzen Aufwand wert gewesen? War *er* es wert gewesen? Ich hob den Blick, schaute ihn an und dachte... Nein, darüber wollte ich jetzt gar nicht nachdenken.

Ich trank mein Glas leer und stand auf. „Ich will dich nicht länger aufhalten, ich werde jetzt wieder gehen.“

Er erhob sich ebenfalls. „Aber warum denn? Bleib doch noch ein bisschen."

Ich schüttelte den Kopf. „Ich glaube, es war dumm von mir, herzukommen."

„Aber nein, ganz und gar nicht. Ich fand's nett, dich kennenzulernen und mich mit dir zu unterhalten."

„Ich werde meiner Nachbarin von dir erzählen", sagte ich, und mit einem Lächeln fügte ich hinzu: „Sie wird staunen, wenn sie erfährt, wie groß du geworden bist."

Er verstand nicht, wie ich das gemeint hatte, sah mich nur merkwürdig an. „Hab ich dich verärgert?"

„Nein, wieso?"

Er hob die Schultern. „Ich weiß nicht. Ich habe das Gefühl, du magst mich nicht besonders. Wahrscheinlich stört es dich wirklich, dass ich nicht mehr dreizehn oder vierzehn bin."

„Nein, nein." Ich ging zur Tür und öffnete sie.

Er drängte sich an mir vorbei und lief voraus in Richtung Haustür, wo er sich mir in den den Weg stellte. „Sehen wir uns wieder?" fragte er.

„Wozu denn?"

„Ich mag dich. Du bist ein nettes Mädchen und ein bisschen anders, als die, die ich kenne."

„Wieso anders?" Ich versuchte, um ihn herum nach der Türklinke zu greifen.

„Das kann ich dir nicht mal genau sagen, einfach anders. Aber auf jeden Fall würde ich dich gern wiedersehen."

„Das wird knapp. Wie ich schon sagte, ich fahre bald wieder nach Hause. Vielleicht sogar schon morgen."

„Und wenn ich dir *jetzt* was vorspiele?"

Ich stutzte. „Ich dachte, dafür kennen wir uns noch nicht gut genug?"

Er grinste. „Ich könnte eine Ausnahme machen."

„Und warum?"

„Nur so." Er zuckte die Schultern. „Das *Besser-kennenlernen* könnten wir ja später nachholen."

„Ich sagte doch schon…"

Er reagierte nicht auf meinen Einwand, legte seine Hand auf meine Schulter und schob mich zurück in Richtung seines Zimmers. „Komm. Was hörst du denn besonders gern? Was soll ich spielen?"

Ich seufzte. Warum eigentlich nicht? dachte ich. Im Grunde hatte ich ja fest damit gerechnet, dass ich ihn auch einmal spielen hören würde.

„Egal", sagte ich.

„Nein, das ist nicht egal. Magst du Klassik? Oder lieber was Poppiges, Modernes?"

Ich hob die Schultern. „Das überlasse ich dir."

„Gut." Er überlegte. „Dann komm." Er drückte mich auf den Stuhl, auf dem ich vorher schon gesessen hatte, ging dann hinüber zum Klavier und öffnete den Deckel. „Mozart magst du sicher, oder?"

Ich nickte. „Ja."

„Gut", wiederholte er noch einmal, und dann setzte er sich und begann zu spielen.

Natürlich klang das in diesem kleinen Zimmer ganz anders, als im Konzertsaal, als ich dem großen Carrera zugehört hatte, aber die Musik nahm den ganzen Raum ein, und ich war so fasziniert, dass ich fast vergaß zu atmen.

Er spielte höchstens fünf Minuten, mir war klar, dass es bei weitem nicht das gesamte Stück gewesen sein konnte, aber es war so schön, dass ich am liebsten viel länger zugehört hätte. Nachdem er aufgehört hatte, ließ er noch einen Augenblick lang die Hände auf den Tasten ruhen und sah mich an. „Und? Hat's dir gefallen?"

Ich wollte ihn nicht einfach nur loben, wollte nicht einfach nur sagen ʼDas war sehr schönʻ, deshalb fand ich auch nicht gleich die richtigen Worte. Aber er schien gemerkt zu haben, dass er mich beeindruckt hatte. Er lächelte.

„Das war von Mozart die Sonate F-Dur, Köchelverzeichnis 332." Und dann fügte er hinzu: „Wenn du noch eine Weile in Hamburg bleiben würdest, könnte ich dir jeden Tag was vorspielen."

„Das geht nicht." Ich stand vom Stuhl auf und ging langsam zur Tür. „Aber trotzdem danke."

„Und du mußt wirklich schon gehen?"

Ich nickte. Doch plötzlich wußte ich nicht mehr, warum ich eigentlich so schnell hatte gehen wollen. Vielleicht hätte er mir noch mehr vorgespielt, wenn ich ihn darum gebeten hätte? - Obwohl…, nein, nein, ich wußte, dass es besser war, wenn ich ging. Die Musik hatte etwas in meinem Inneren berührt...

„Bleib wenigstens noch einen Tag…", meinte er. „Kennst du das *Palazzo* in der Fußgängerzone hier in Eppendorf? Gegenüber vom Kaufhaus Grothe? Das ist unser Treffpunkt, dort komme ich fast jeden Abend mit meinen Freunden zusammen. Abends ab sechs oder sieben…"

Ich ging nicht darauf ein und durchquerte die Halle in Richtung Haustür, und er kam mir nach.

Ich streckte ihm die Hand hin. „Danke, dass du dir

Zeit für mich genommen hast", sagte ich.

Er hielt meine Hand fest. „Wirst du kommen?"

„Ich weiß noch nicht. Mal sehen."

Unsere Blicke begegneten sich. Verdammt, diese blauen Augen!

„Versprich mir, dass du kommst."

Ich zog meine Hand aus der seinen und wandte mich um.

„Ich werde sehen", wiederholte ich. Dann ging ich, lief mit schnellen Schritten den Plattenweg entlang und bog in die Hauptstraße ein, ohne mich noch einmal umzusehen.

7.

Fortsetzung der Geschichte

Bernd Michaelis legte die beschriebenen Blätter zur Seite, weil das Telefon geläutet hatte. Er brauchte eine Weile, bis er realisierte, woher das Geräusch kam und was es zu bedeuten hatte, so sehr war er von Carolins Bericht gefangen. Noch ganz verwirrt stand er auf und nahm den Hörer ab. „Ja?"

„Um Himmelswillen, was ist denn los? Hast du vergessen, dass du mich abholen wolltest?" Die Stimme seines Bruders überschlug sich fast.

Bernd zuckte zusammen. „Sorry, Gerd, ich habe es total vergessen. Mir ist etwas sehr Wichtiges dazwischengekommen."

„Dann beeil dich jetzt, wir sollten längst dort sein."

„Gerd, hör zu, du mußt alleine gehen. Ich hab keine Zeit, ich kann wirklich nicht."

„Bist du denn von allen guten Geistern verlassen? Was, bitte schön, kann so wichtig sein, dass du die Einladung unseres Freundes Lukas ausschlägst?"

„Das kann ich dir jetzt nicht erklären, aber du mußt alleine hingehen."

„Du weißt, dass ich kein Auto habe."

„Dann nimm die Bahn, sie hält nicht weit weg von seinem Haus."

„Und das Geschenk?"

„Welches Geschenk?"

„Oh mein Gott, hast du vielleicht auch vergessen, das Geschenk zu besorgen?"

„Ach so, nein. Sag ihm, ich komme heute Abend noch bei ihm vorbei, dann bringe ich es mit."

„Das ist aber jetzt wirklich unfair, was du machst, Bernd."

„Jetzt jammere nicht und sieh zu, dass du hinkommst. Bis später dann."

Er legte den Hörer einfach auf, obwohl er sich vorstellen konnte, welche Reaktion das bei Gerd auslösen würde. Er setzte sich zurück in seinen Sessel und zündete sich eine Zigarette an.

Mein Gott, Caro, dachte er, wie hatte sie das nur machen können, damals. Und zum soundsovielten Male sagte er sich: Zum Glück war sie gesund zurückgekommen.

Wie ging es nun weiter mit ihr? Bisher hatte er nur den Anfang ihres Berichtes gelesen. Ob sie Ronald Heltaus Einladung ins *Palazzo* angenommen hatte, obwohl sie sich anfangs nicht sonderlich wohlgefühlt hatte in seiner Gesellschaft? Hatte sie dort einen seiner Freunde kennengelernt und sich in ihn verliebt? In den, der letztendlich Finns Vater war?

Bernd konnte es kaum erwarten, mehr zu erfahren. Verdammt Lukas! dachte er. Wie hätte er jetzt aufhören können, nur wegen eines Geburtstags?

Er seufzte tief, zog ein letztes Mal an seiner Zigarette und drückte sie im Aschenbecher aus. Dann griff er nach dem nächsten Blatt und begann, weiterzulesen:

„Ich war fest entschlossen, nach Hause zu fahren. Als ich abends in der *Pension Rotärmel* in meinem Bett lag, an die Decke starrte und nicht einschlafen konnte, lief die Begegnung mit Ronald Heltau noch einmal wie ein Film vor meinem geistigen Auge ab. Bevor ich ihn getroffen hatte, hatte ich ihn mir ganz anders vorgestellt, aber weder war er der vierzehnjährige Junge, mit dem ich ganz unbeschwert hätte reden können, noch war er der große Pianist Ronaldo Carrera, den ich auf der Bühne erlebt und bewundert hatte. Natürlich gab es diese Ähnlichkeit, trotz der fünfundzwanzig Jahre, die zwischen ihnen lagen. Immerhin waren da das blonde Haar und die blauen Augen...

Ronaldo Carrera hatte mir gefallen durch die Eleganz, die er auf der Bühne ausstrahlte, wenn er sich vor seinem Publikum verneigte. Er schien unnahbar, war ein Künstler, ein Star, hatte Größe... Ronald Heltau dagegen war nur ein ganz normaler junger Mann. Natürlich hatte auch er etwas Besonderes. Er konnte charmant sein und strahlte Selbstsicherheit aus... Vielleicht sogar ein wenig zuviel. Im Nachhinein kam er mir sogar recht arrogant vor, jemand, der genau wußte, wie er seine Vorzüge einzusetzen hatte und wie er auf seine Mitmenschen, und vor allem auf Frauen, wirken konnte. Hatte er sich anfangs nicht ununterbrochen über mich lustig gemacht? Dauernd dieses überhebliche Grinsen! Und was hatte er gesagt? „Vielleicht könnte ich dich ja doch noch besser kennenlernen und dann eines Tages dazu bereit sein, dir was vorzuspielen..." War das die Masche, mit der er im Allgemeinen versuchte, ein Mädchen rumzukriegen? Na, wenn das nicht arrogant und eingebildet war! Da hatte ich ja Glück gehabt, dass er rechtzeitig die Kurve gekriegt und netter geworden war, und dass er mir letztendlich doch noch etwas vorgespielt hatte. Mozart! Er schien geahnt zu haben, dass ich diese Musik besonders gern mochte.

Ich schlief sehr schlecht in dieser Nacht, und weil ich mich am nächsten Morgen entsprechend verkatert und unausgeruht fühlte, beschloss ich, die Heimfahrt um einen Tag zu verschieben, bis ich mich wieder besser fühlte.

Noch einmal schlenderte ich durch Eppendorf, - diesmal in *meiner* Zeit. Ich stöberte in den Kaufhäusern und Boutiquen, aß eine Kleinigkeit in einem Fisch-Restaurant und trank Kaffee in einem der hübschen Straßen-Cafés. Zeitweise hatte ich ganz vergessen, wo ich war und warum ich mich dort aufhielt. Und weil das Wetter traumhaft war, ließ ich mich auf einer Bank irgendwo in einer Parkanlage nieder, schloss die Augen und ließ mich von der Sonne bescheinen. Warum sollte ich mich nicht als Urlauberin fühlen, da ich nun einmal hier war?

Ich zuckte zusammen, als sich ein fremder Mann neben mich setzte. Nein, nicht direkt neben mich, er hatte viel Platz zwischen sich und mir gelassen und war bis ans andere Ende der Bank gerückt. Trotzdem fühlte ich mich durch ihn gestört und ärgerte mich ein bisschen. Allerdings stellte ich bei einem Rundblick fest, dass es tatsächlich keine andere freie Bank mehr gegeben hatte. Doch hätte er sich nicht zu dem zeitungslesenden alten Herrn nebenan setzen können? Warum ausgerechnet neben mich?

Halt stopp, dachte ich, wer war ich denn, dass ich jemandem vorschreiben wollte, wohin er sich zu setzen hatte? Wenn er mir nicht passte, mußte *ich* halt aufstehen und gehen. Obwohl…, hätte das nicht auch seltsam ausgesehen, so unmittelbar, nachdem er sich zu mir gesetzt hatte? Ich wollte schließlich nicht voreingenommen oder gar überheblich wirken.

Trotzdem schaute ich eine Weile in die entgegengesetzte Richtung, um ihm zu signalisieren, dass er mich am besten nicht ansprechen sollte.

Er streckte die Beine aus, faltete die Hände hinter dem Kopf und sagte mit einem Lächeln vor sich hin: „Was für ein wunderschöner Tag heute.“

Blinzelnd schaute ich zu ihm hinüber. Trotz seiner abgetragenen, nicht mehr ganz adretten Kleidung und den wirren, viel zu langen dunklen Haaren sah er nicht aus wie ein Vagabund oder ein Obdachloser.

Sollte ich ihm antworten? Er hatte ja recht. Der Himmel war blau, die Sonne schien, und vielleicht hatte er an diesem Tag schon etwas ganz besonders Schönes erlebt. Ich mußte lächeln, ob ich wollte oder nicht.

„Sie haben recht“, antwortete ich ihm. „Schön, wenn sich dieser Tag Ihnen heute schon von seiner positiven Seite gezeigt hat.“

„Für Sie nicht?“ fragte er mich und schaute mich neugierig an.

Ich hatte mich eigentlich nicht mit ihm unterhalten wollen, und doch zwang er mich auf seine ganz eigene Art nun dazu.

Ich hob die Schultern. „Doch,“ antwortete ich, „bis jetzt war er eigentlich ganz in Ordnung. Jedenfalls gab es schon Schlimmere.“

Nun lachte er, und ich kam nicht umhin, ihn genauer

anzusehen. Er war jünger, als ich gedacht hatte, ich schätzte ihn auf etwa dreißig. Vor allem war es sein Lachen, was mich faszinierte, weil es so jung und fröhlich war, dass man glauben mußte, für ihn gäbe es das ganze Jahr über nur schöne Tage. Und währenddessen hüpfte ein kleiner Engel aus Holz, den er an der Brusttasche seiner Jacke befestigt hatte, hin und her. Ursprünglich schien er einmal bunt lackiert gewesen zu sein, doch inzwischen war er unansehnlich und die Farbe nahezu verschwunden, als hätte sich jemand über eine lange Zeit viel zu sehr mit ihm beschäftigt.

Er griff nach ihm, als er bemerkte, dass ich ihn betrachtete.

„Das ist mein Schutzengel", meinte er, „er ist es, der dafür sorgt, dass es mir immer gut geht. - Naja, meistens jedenfalls."

„Ein Geschenk von einem lieben Menschen?", fragte ich. „Eine Erinnerung?"

Er nickte. „Von einem echten Engel wahrscheinlich, ich weiß es nicht so genau." Er machte eine kurze Pause, dann fuhr er fort: „Als ich klein war und es mir und meiner Mutter einmal nicht sehr gut ging, hat er mich getröstet. Der echte Engel. Und den hier hat er mir zur Erinnerung geschenkt."

Ich wollte nicht weiterfragen, und damit er nicht glaubte, er müsse mir nun die ganze Geschichte erzählen, stand ich auf. „Ich muß jetzt gehen," sagte ich. „War schön, Sie und ihren Engel kennengelernt zu haben."

Der junge Mann lächelte wieder. „Ich wünsche Ihnen auch einen schönen Tag heute. Für alles, was immer Sie noch vorhaben."

„Danke." Ich lächelte zurück. „Das wünsche ich Ihnen auch."

Am späten Nachmittag machte ich mich auf den Weg durch die Fußgängerzone zurück zur *Pension Rotärmel*, und plötzlich entdeckte ich das *Palazzo*. Ich zuckte zusammen, und obwohl ich wußte, dass sich in diesem Augenblick ganz andere Leute darin aufhielten, als im Jahre 1982, machte ich einen großen Bogen um den Eingang. Nach hundert Metern kehrte ich jedoch um und lief wieder zurück. Vielleicht sollte ich doch einmal hineinschauen? War es nicht erstaunlich, dass es dieses Bistro nach so langer Zeit immer noch gab?

Die Einrichtung des Lokals war modern, es schien, als wäre es kurz zuvor erst renoviert worden. Die Plätze vor der langen Theke auf der linken Seite des Raumes waren fast alle besetzt, und die jungen Leute, die dort beisammen waren, unterhielten sich, lachten und genossen ihren Feierabend. Ich blieb am Eingang stehen und sah ihnen eine Weile zu. Automatisch griff ich an mein linkes Handgelenk, wo ich unter dem Pulswärmer den *Timeflyer* trug. Wie einfach es doch wäre, jetzt 25 Jahre zurückzufliegen in eine andere Zeit. Wer würde *dann* dort an der Theke stehen und sich unterhalten?

Aber nein, ich hatte beschlossen, am nächsten Tag meine Heimreise anzutreten, mein Ausflug in die Vergangenheit war somit abgeschlossen. Ich hatte ihn ausprobiert, den *Timeflyer*, ich hatte gesehen, was ich hatte sehen wollen, nun war es an der Zeit, zu Bernd zurückzukehren, um ihm das kostbare Gerät wieder zurückzubringen.

Doch dann konnte ich einfach nicht widerstehen. Als ich an einer schattigen Hofeinfahrt vorüberkam, blieb ich stehen. Dort würde kein Mensch bemerken, wenn ich plötzlich verschwand, und genauso wenig würde mich jemand in der Vergangenheit ankommen sehen.

Ich wußte, dass ich das eigentlich nicht tun sollte, - aber dann tat ich es doch.

Das Bild in der Fußgängerzone hatte sich verändert, als ich aus der Einfahrt heraustrat: Weniger geschäftiges Treiben, kein Kommen und Gehen vor den Geschäften, und nur noch vereinzelt Kinder, die um den Brunnen herumsprangen. Um einen ein bisschen anderen Brunnen, - scheinbar hatte man ihn irgendwann später renoviert.

Ich schaute auf die Uhr, inzwischen war es kurz nach sieben. Mir fiel ein, dass die meisten Läden damals noch pünktlich halb sieben schlossen, und später war dann in den Geschäftsstraßen nicht mehr viel los.

Vor dem *Palazzo* blieb ich stehen, scheute mich aber, hineinzugehen. Ich wußte nicht, ob Ronald Heltau unter den Gästen war, er sollte keinesfalls denken, ich sei nur seinetwegen gekommen. Es interessierte mich doch einfach nur, wie es drinnen aussah, - oder?

Das *Palazzo* der 80er Jahre war völlig anders, als das zu meiner Zeit. Die Einrichtung war altmodisch, doch weder abgewetzt noch unansehnlich, sondern sehr gemütlich. Die Theke befand sich dem Eingang gegenüber, auch sie war von einer Traube junger Leute belagert, die sich lautstark und lachend das Neueste vom Tage erzählten. Ich schaute mich gerade nach einer der hübschen gepolsterten Bänke um, die noch frei war, als ich meinen Namen rufen hörte.

„He, hallo Miss Caroline!" Lachend schälte sich Ronald Heltau aus dem Pulk vor der Theke und kam in großen Schritten auf mich zu. Hatte ich darauf gewartet? War er der Grund gewesen, warum es mich wieder ins Jahr 1982 gezogen hatte?

Natürlich hatte ich gewußt, wie gut er aussah... Dennoch empfand ich seinen Anblick jetzt wieder wie einen Schlag in die Magengrube.

Er hatte sein Glas von der Theke her mitgebracht. „Was möchtest du trinken?", fragte er mich. „Hoffentlich nicht bloß wieder eine Cola."

„Doch, ich fahre morgen früh nach Hause, da muß ich einen klaren Kopf haben."

Er winkte der Bedienung. „Hey, Erny, bringst mal ´ne Cola?", dann setzte er sich neben mich und sah mich von der Seite an. „Schön, dass du noch da bist, ich hatte befürchtet, du seist vielleicht schon auf dem Weg nach Berlin."

„Ich habe mir Eppendorf heute noch mal ein bisschen genauer angesehen. Ich mag Hamburg und alles, was dazugehört."

„Ja, es ist sehr schön hier, wir haben jede Menge Sehenswürdigkeiten zu bieten. Und nicht nur in Eppendorf, wo es jede Menge Grün gibt. Wenn ich gewußt hätte, dass du heute noch da bist... Wir hätten nach St.Pauli zum Tele-Michel rausfahren können..."

Ich lachte. „Was ist denn das?"

„Eine Art Fernsehturm."

„Ach, davon haben wir selber zwei..."

„Zwei? - Naja, im Westen habt ihr ja auch nur einen."

„Oh!" Mit fiel ein, dass er vom Mauerfall und der Wiedervereinigung noch gar nichts wissen konnte, dass er gar keine Ahnung hatte, was in den letzten Jahren aus Berlin geworden war. Schade! - Obwohl…, ich wußte ja, dass er inzwischen selbst in Berlin lebte, in einer traumhaft schönen Villa in Dahlem. Und, wie es hieß, zusammen mit einer wunderschönen Frau und der gemeinsamen dreijährigen Tochter. Am liebsten hätte ich ihm davon erzählt, - aber einen solchen Fehler durfte ich mir nicht erlauben.

Die Cola kam, und er prostete mir zu. „So, und jetzt erzählst du mir mal ein bisschen was über dich", sagte er. „Das einzige, was ich von dir weiß, ist, dass du in Berlin wohnst und Blockflöte spielst." Schon wieder lachte er. Die Vorstellung, mich Blockflöte spielen zu sehen, schien ihn immer wieder zu amüsieren. Ich wünschte, ich hätte ihm das niemals erzählt.

„Du hast gesagt, du machst hier in Eppendorf Urlaub. Bist du allein hier? Wohnst du bei Verwandten?"

„Ich…, ja ich…" Ich wußte nicht, was ich sagen sollte und fing wieder an zu stottern.

„Ich frage nur deshalb, weil es sich zuerst anhörte, als bliebst du ein paar Tage, und auf einmal sagst du, dass du wahrscheinlich morgen schon wieder nach Hause fährst. Wenn du aber Ferien oder Urlaub hast, könntest du doch ruhig noch ein paar Tage länger bleiben, oder?"

„Es ist ein bisschen kompliziert", redete ich mich heraus. Natürlich mußte es ihm seltsam vorkommen, wenn ich einmal so und einmal so sagte. „Ich bin im Auftrag meiner Familie hergekommen, um einer Tante zum Geburtstag zu gratulieren", schwindelte ich. „Sie ist alt und krank, deshalb konnte ich nicht bei ihr wohnen und mußte mir ein Zimmer in einer Pension nehmen. Ich habe einen schönen Tag mit ihr verbracht, aber jetzt, da meine Aufgabe erledigt ist, muß ich wieder zurückfahren. Ich hab zwar noch eine Weile Urlaub, aber bevor ich wieder arbeiten muß, wollte ich eigentlich noch ein paar Tage zu Hause genießen."

„Was machst du denn beruflich?" wollte er wissen.

„Ich habe keinen weltbewegenden Beruf, ich bin einfach nur Verkäuferin in einer Drogeriekette."

„Das ist doch in Ordnung", meinte er, „was würden wir denn ohne Drogerien machen?" Er stieß mit mir an.

„Übrigens…, wenn du wenigstens noch einen Tag dranhängen würdest… Dann könnten wir morgen wirklich mal nach St. Pauli fahren und uns die Welt von oben, vom *Tele-Michel* aus, ansehen. Das ist der Heinrich-Hertz-Turm, - wir nennen ihn den *Tele-Michel*. Er ist sozusagen der Bruder vom anderen, bekannteren Michel. - Was meinst du dazu?"

Das hörte sich zwar gut an, dachte ich, doch gab es da nicht viel zu viele ‚Aber…'?

Aber…, eigentlich wollte ich das *Experiment Zeitreise* endlich beenden und den *Timeflye*r so schnell wie möglich wieder bei Bernd abliefern.

Aber…, ich fing an, Ronnie zu mögen. Ich mußte auf jeden Fall Schlimmeres verhindern.

Aber…, je mehr Zeit ich mit ihm verbrachte, desto leichter konnte ich in eine brenzlige Situation geraten, und desto mehr Lügen und Ausreden würde ich mir ausdenken müssen.

Aber…, - mußte er nicht auch zur Schule?

„Mußt du denn nicht zur Schule?" fragte ich ihn, als

er mich gespannt ansah und auf meine Antwort wartete.

Er winkte ab und schüttelte den Kopf. „Ab und zu kann ich schon mal einen Tag schwäntzen."

„Ich möchte nicht schuld sein, wenn du…"

„…wenn er seine Prüfung nicht schafft? - Da brauchst du keine Angst zu haben, das macht er mit links."

Ein junger Mann war an unseren Tisch getreten.

„Hi Ron, wen hast du uns denn da die ganze Zeit über vorenthalten?", meinte er und zwinkerte mir zu. Ohne Ronnies Antwort abzuwarten streckte er mir die Hand entgegen. „Ich bin Vince. Und wer bist du?"

Er schien meine Hand gar nicht mehr loslassen zu wollen und redete weiter: „Ehrlich gesagt, für dich würd' ich auch mal einen Tag schwäntzen. Was habt ihr denn morgen vor, ihr beiden? Wo soll's denn hingehen?"

Ronnie zog die Augenbrauen hoch, und die Falte auf seiner Stirn sprach Bände. „Ich denke nicht, dass dich das interessieren muß", meinte er abweisend. Sein Gegenüber schien das jedoch nicht zu beeindrucken, und obwohl er bemerkt haben mußte, dass Ronnie sich über ihn ärgerte, fügte er hinzu: „Ich könnte doch mitkommen und Brigitta mitbringen. Dann wären wir eine nette kleine Gesellschaft und könnten viel Spaß haben."

Ich wußte nicht, ob er wirklich vorhatte, sich uns anzuschließen, oder ob er Ronnie ganz einfach nur ärgern wollte.

„Wir wissen ja selbst noch nicht mal genau, wo's hingeht", schlug ich mich auf Ronnies Seite, „aber wir werden uns schon was Nettes einfallen lassen."

Der junge Mann hob die Schultern und lachte. „Hätte schön werden können zu viert“, meinte er und zwinkerte mir zu. „Aber naja, vielleicht ein anderes Mal. Wünsch euch viel Spaß.“ Er hob kurz die Hand und zog sich mit einem „Ciao!“ an die Theke zurück.

„Das hast du gut gemacht“, sagte Ronnie zu mir, als er weg war. „Freut mich, dass du morgen dabei bist.“

„Halt stopp, so habe ich das nicht gemeint. Das habe ich doch nur gesagt, weil…“

Er lachte auf. „Das zählt nicht. Zugesagt ist zugesagt. Wann gibt's denn Frühstück in eurer Pension? Wann soll ich dich abholen?“

Ich erschrak, Frühstück gab's schließlich erst im Jahre 2007. - Na bitte, da fing sie ja schon an, die Schwindelei. Gerade weil ich das vorausgesehen hatte, hatte ich ihn eigentlich nicht mehr treffen wollen. Ich wünschte, ich hätte ihm gegenüber die Pension nicht erwähnt, jetzt konnte ich sehen, wie ich aus dieser Nummer wieder rauskam. Da mußte ich mir etwas einfallen lassen, damit er am nächsten Morgen nicht vor dem Haus stand und auf mich wartete.

„Wenn das Wetter so schön ist, mache ich gewöhnlich schon vor dem Frühstück einen Spaziergang“, erklärte ich ihm. „Wenn du Lust hast, ein bisschen früher aufzustehen, als sonst, kannst du ja mitkommen.“

„Und an wann hast du gedacht?“

„Halb sechs vielleicht?“

Er machte ein erschrockenes Gesicht. „So früh?“

„Klar, wenn's ein richtiger Spaziergang werden soll.“

Ich mußte lachen, das war nun wirklich nicht das, was ich gewollt hatte. Auf der anderen Seite tat er mir aber auch leid. „Jetzt machen wir es folgendermaßen“, schlug ich ihm deshalb vor, „ich gehe alleine, und wir treffen uns dann um zehn Uhr hier vor dem Palazzo.“

„Um zehn Uhr hier? Das ist in Ordnung.“

Nachdem alles besprochen war, stand ich auf. „Dann werde ich mich jetzt zurückziehen, damit ich morgen fit bin. War ein anstrengender Tag heute, ich bin viel herumgekommen, und so langsam tun mir die Füße weh.“

Auch er stand auf. „Ich fahr dich schnell zur Pension.“

„Das brauchst du nicht, es ist doch nicht weit. Bis das Auto warmgelaufen ist, bin ich schon an Ort und Stelle.“

„Auch gut“, meinte er, „dann gehen wir zu Fuß.“

„Nein.“ Ich schüttelte den Kopf. „Nicht nötig, dass du mich begleitest. Bleib du bei deinen Freunden. Sie werden sich eh‘ schon darüber wundern, dass du hier mit einer Fremden zusammensitzt.“

Er lachte. „Sie würden sich eher wundern, wenn ich jemanden wie dich einfach so gehen ließe, ohne sie zu begleiten.“

Ich überlegte, wie ich ihn auf dem Weg zu meiner Unterkunft abschütteln könnte, aber ich sah keine Möglichkeit. Während er mir aufzählte, was wir an den nachfolgenden Tagen noch alles unternehmen könnten, ließ ich ihn einfach reden, und dabei kamen wir der *Pension Rotärmel* immer näher und näher. Schließlich blieb ich an der Straße stehen, wo der schmale Plattenweg bis zur Haustür führte.

„Also dann, gute Nacht bis morgen“, sagte ich schnell zu ihm, „und danke für deine Begleitung.“

Er griff nach meiner Hand, hielt sie fest und zog mich

einen Schritt näher zu sich heran. Ich stemmte mich gegen ihn. Nein, Ronnie Heltau, so schnell geht das nicht. So leicht, wie sich das ein Musikstudent und zukünftiger Klaviervirtuose vorstellte, - und sei er noch so hübsch, - war ich nun doch nicht zu haben.

„Krieg ich keinen Kuss?" fragte er pikiert.

„Nein, warum solltest du?"

Unterdessen hatte ich schnell seine Hand losgelassen und war zum Eingang gelaufen, in der Hoffnung, es möge niemand herauskommen, der mich fragten könnte, was ich hier wollte. Zum Glück kam niemand, aber Ronnie blieb am Straßenrand stehen und wartete darauf, dass ich einen Schlüssel zückte, aufschloss und im Haus verschwand. Da war guter Rat teuer.

Ich schaute auf die Uhr, tat so, als rede ich mit jemandem, der mir die Tür geöffnet hatte und machte Ronnie ein Zeichen, als hätte man mir gesagt, dass ich den Hintereingang benutzen solle.

„Gute Nacht", rief ich ihm zu, winkte noch einmal und verschwand hinter dem Haus. Es dauerte fast fünf Minuten, bis Ronnie endlich ging und ich aus meinem Versteck hervorkommen konnte."

8.

Bernd, der gute Freund

Erneut legte Bernd Michaelis ein Blatt zur Seite, lehnte sich in seinem Sessel zurück und schloss einen Moment lang die Augen. Er war eifersüchtig. Schon jetzt war zu ahnen, dass sich Caro in diesen Musiker verliebt hatte, und es sah nicht so aus, als würde sie ihren Aufenthalt in Hamburg schon bald abbrechen, - obwohl sie vielleicht selbst noch daran glaubte, dass sie das konnte. Sollte er überhaupt weiterlesen? Konnte er sich nicht jetzt schon denken, wie es weiterging und worauf es hinauslief?

Er fuhr sich mit dem Handrücken über die Stirn, angelte sich eine Zigarette aus der Schachtel und zündete sie an. Nach dem ersten tiefen Zug fiel ihm Gerd wieder ein, er hatte ihn völlig vergessen. Das ärgerte ihn jetzt. Dabei ging es ihm nicht einmal so sehr um Gerd, mit ihm würde er schon wieder ins Reine kommen. Viel schlimmer war es, dass er auch Lukas vergessen hatte. Er mußte sich eine gute Entschuldigung einfallen lassen, dafür, dass er bisher noch immer nicht auf seiner Geburtstagsfeier erschienen war. Lukas war nicht der Typ, der sich mit einer fadenscheinigen Ausrede wie: „Da ist mir was unheimlich Wichtiges dazwischengekommen" zufriedengeben würde. - Doch warum überhaupt eine Ausrede finden? Lukas war sein Freund, einer, der wußte, wie er zu Caro stand, wieviel sie ihm bedeutete. Und auch, wie sehr er ihretwegen schon gelitten hatte. Natürlich konnte er ihm nichts vom *Timeflyer* erzählen, das war ein Geheimnis zwischen ihm und Caro, und das mußte es auch bleiben, doch als Freund würde Lukas auch verstehen, wie notwendig es für ihn war, ihren ausführlichen Bericht zu lesen und herauszufinden, wie seine eigenen Chancen standen. Da konnte er nicht einfach mitten drin davonlaufen. Dennoch mußte er das jetzt tun, um es sich nicht ganz und gar mit Lukas zu verderben. Nur ganz kurz, in einer Stunde wollte er wieder zurück sein, um weiterzulesen.

Er rappelte sich auf, griff nach der Cognac-Flasche, die noch immer auf dem Tisch vor ihm stand und betrachtete sie von allen Seiten. War es überhaupt notwendig, sie in Geschenkpapier einzuwickeln, fragte er sich, oder sie in eine der hübschen Flaschentüten zu stecken, von denen sich im Laufe der letzten Jahre auch bei ihm schon einige angesammelt hatten? Machte es nicht viel mehr her, wenn man auf den ersten Blick sah, für welche exklusive Marke er sich entschieden hatte? Zeigte das nicht, was einem der gute alte Freund wert war? - Naja, den Preisaufkleber sollte er aber doch vorher entfernen.

Er hatte nicht vor, sich lange bei Lukas aufzuhalten, die Hauptsache war doch, dass er ihm persönlich gratulierte und sich, zumindest kurz, im Freundeskreis sehen ließ. Gerd würde wahrscheinlich eh' bis zum Ende der Festlichkeiten bleiben, dafür war er bekannt, und er würde seinen Bruder angemessen vertreten. - Angemessen, das bedeutete hoffentlich nicht wieder, dass er mehr trank, als er vertrug, - auch diese seiner Gewohnheiten war bekannt. Doch ehrlich gesagt, das war Bernd heute völlig egal.

Als er auf die Straße kam und sah, wie eng sein Auto inzwischen eingeparkt war, fluchte er leise. Er brauchte einige Zeit, - ein Stückchen vor, dann wieder ein paar Schritte zurück, und noch einmal vor und wieder zurück, - bis er sich endlich aus der Parklücke befreit hatte und auf die Fahrbahn einbiegen konnte. Und der Gedanke, dass bei seiner Rückkehr wahrscheinlich auch der letzte Parkplatz verschwunden sein würde, hob seine Stimmung auch nicht gerade.

„He, was war denn los?" wollte Lukas wissen, während er Bernds Gratulation und, mit einem Lächeln und dem Anheben einer Augenbraue die exklusive Cognacflasche in Empfang nahm. „Was war denn so wichtig, dass du fast meinen Geburtstag vergessen hättest? Nicht mal dein Bruder konnte mir sagen, was dir in die Quere gekommen ist."

„Das hatte mit Caro zu tun", war die kurze Antwort.

Noch einmal zog Lukas die Augenbrauen hoch. „Aha, verstehe! Warum hast du sie denn nicht mitgebracht?"

Bernd schüttelte den Kopf. „Nein, sie war nicht selbst da, sie hat mir nur eine Nachricht geschickt und mir erklärt, was in den letzten Wochen und Monaten mit ihr los war."

„Und? Was war denn los mit ihr? Wer ist denn nun der Vater ihres Kindes, wenn du es nicht bist?"

„Das kann ich dir auf die Schnelle nicht sagen. Wir reden ein anderes Mal drüber."

„In Ordnung. - Übrigens, sieh mal, wer dort hinten am Fenster steht? Jemand, der dich bis jetzt ganz schrecklich vermisst hat und wahrscheinlich nur deinetwegen hier ist."

Bernd folgte seinem Blick hinüber zu dem blonden Mädchen, das gestikulierend bei Gerd stand. Er seufzte tief. „Nina, natürlich, das hätte ich mir denken können."

Lukas hielt ihn am Arm fest, als fürchtete er, er würde die Feier gleich wieder verlassen. „Vielleicht hättest du Caro wirklich mitbringen sollen, damit Nina endlich begreift, dass sie keine Chancen bei dir hat. Wenn du ihr das nicht endlich mal ganz deutlich zeigst, wird sie sich auch weiterhin Hoffnungen machen."

Bernd nickte. „Wahrscheinlich hast du recht", meinte er, dann lächelte er geheimnisvoll. „Aber vielleicht ändert sich demnächst doch ein bisschen was zwischen Caro und mir. Es sieht so aus, als täte es ihr leid, dass sie mich in letzter Zeit so stiefmütterlich behandelt hat. Jetzt möchte sie, dass wir wieder Freunde werden, wie in alten Zeiten."

„Freunde? Wie in alten Zeiten?" Lukas grinste schief. „Ist es das, was du willst? Immerhin hat sie dich ‚in den alten Zeiten' manchmal ganz schön links laufen lassen."

Bernd hob die Schultern. „Wart's ab, ich hab ein gutes Gefühl."

„Na, das würde mich sehr freuen für dich, Mann. - Aber nun komm, was willst du trinken? Dort drüben findest du alles, was das Herz begehrt, und zu essen ist auch noch genügend da."

Bernd hielt es nicht lange aus auf der Feier, immer wieder mußte er an Caro denken, an ihren Bericht. Am liebsten hätte er sie zwischendurch kurz angerufen, sagte sich dann aber, dass es besser wäre, damit zu warten, bis er auch den endgültigen Schluß ihrer Geschichte kannte. Er musste weiterlesen, unbedingt, - obwohl…, wenn er ehrlich war, mußte er sich eingestehen, dass er eigentlich gar nicht so detailliert wissen wollte, was zwischen ihr und diesem Musiker wirklich gewesen war.

Lukas versuchte, ihn zum Bleiben zu bewegen, doch er schüttelte den Kopf. Er war viel zu unruhig, um sich auf einer Geburtstagsfeier amüsieren zu können.

„Heute nicht. Ich schätze mal, ich werde später vielleicht noch mit Caro telefonieren", erklärte er geheimnisvoll.

„Also war sie doch bei dir? Wie gesagt, du hättest sie doch mitbringen…"

Bernd wehrte ab. „Nein, nein, es ist alles ein bisschen anders, als du denkst. Viel komplizierter… Warte einfach ab."

Wäre Lukas allein gewesen, hätte er wahrscheinlich so lange gebohrt, bis ihm Bernd mehr erzählt hätte, doch er mußte sich auch um seine anderen Gäste kümmern, deshalb ließ er den Freund schließlich gehen.

Bernd konnte es kaum erwarten, wieder zu Hause zu sein, um weiterzulesen, was ihm Caro geschrieben hatte. Erneut nahm er in seinem Sessel Platz, griff zur nächsten Seite ihres Berichts und vergaß alles um sich herum. Er war wieder ganz und gar in Hamburg bei Caro. Sie hatte mit dem Musiker auf den Heinrich-Hertz-Turm klettern wollen. Was war daraus geworden?

„Unser Treffen am Morgen hatte gut geklappt. Ich war ziemlich früh aufgestanden, war nach dem Frühstück in die Stadt gelaufen und erst einige Minuten vor zehn Uhr, kurz bevor wir uns treffen wollten, in die Vergangenheit gewechselt. Ich setzte mich an einen der Tische vor dem *Palazzo* und wartete, bis ich Ronnie durch die Fußgängerzone kommen sah. Er war spät dran, - hatte er vielleicht doch eine Weile vor der Pension auf mich gewartet?

„Guten Morgen." Er lachte. „Du scheinst ja tatsächlich schon seit einer Ewigkeit auf den Beinen zu sein. Wie kriegst du das nur fertig, sogar im Urlaub so früh aufzustehen?"

Ich hatte mich selbst darüber gewundert, dass ich am morgen rechtzeitig wachgeworden war, denn am Abend zuvor hatte ich wieder lange Zeit nicht einschlafen können. Einerseits hatte es mich geärgert, dass ich es nicht fertiggebracht hatte, diesen Ausflug abzusagen, um stattdessen endlich nach Hause zu fahren, andererseits hatte mir aber auch mein Herzklopfen verraten, wie schwer es mir inzwischen schon gefallen wäre, auf diesen letzten Tag mit ihm zu verzichten. Nur diesen einen Tag noch, sagte ich mir, dann mußte es vorbei sein.

In einer Nebenstraße, nicht weit vom *Palazzo,* hatte er sein Auto abgestellt, - einen uralten VW-Käfer in einem grässlichen verwaschenen Rot, das überhaupt nicht zu ihm passte. Natürlich war der Wagen alt, ich mußte lächeln, doch wahrscheinlich hatte er auch schon in 1982 eine Reihe von Jahren auf dem Buckel. Er war nicht der Schnellste, zumindest aber fuhr er noch, und wir hatte ja Zeit.

„Sag mal, hast du keine andere Pension finden können?" fragte mich Ronnie, als er mich einstiegen ließ. Im ersten Augenblick wußte ich nicht, was er meinte, doch dann dämmerte es mir, als er hinzufügte: „Das sind doch Idioten. Zumindest die beiden, die heute den Frühstücksdienst übernommen haben."

Oh Gott, ich ahnte, was passiert war, trotzdem fragte ich ganz unschuldig: „Wieso?"

„Ich hab nach dir gefragt, aber beide behaupteten, dich gar nicht zu kennen."

Ich winkte ab. „Ich kann mir schon denken, welche zwei das waren. Aber weißt du, in dieser Jahreszeit müssen sie oft Leute einstellen, die keine rechte Qualifikation haben."

„Aber die Namen ihrer Gäste sollten sie schon im Kopf haben, oder nicht?"

Er hatte ja recht, aber…, ich mußte so schnell wie möglich das Thema wechseln. „Prima, dass heute das Wetter mitspielt. Es war so schön zu laufen heute früh. Inzwischen ist es schon fast wieder zu warm."

„Naja, noch geht's."

Er hatte recht, noch war es zu ertragen, aber je weiter es auf Mittag zuging, desto wärmer wurde es, und dann schien die Sonne so gnadenlos vom blauen wolkenlosen Himmel herunter, dass mir mein Pulswärmer allmählig lästig wurde und ich dauernd an ihm herumzupfte.

„Tut's noch weh?" fragte Ronnie mit einem Seitenblick.

„Ja, schon noch ein bisschen."

„Dann gehen wir heute Abend doch noch schnell bei meinem alten Herrn vorbei, er soll sich das mal ansehen.“

„Er würde mich nur auslachen...“

„Sag das nicht, er ist ein guter Arzt, der seine Patienten durchaus ernst nimmt.“

„Das glaub ich ja, aber bei einer solchen Bagatelle...“

Ich war froh, dass er um diese Stunde auf den Verkehr achten mußte und dadurch nicht auf die Idee kam, sich mein Handgelenk selbst näher anzusehen. Und wenn wir erst am Ziel waren, dann hatte er es sicherlich längst wieder vergessen. Zumindest hoffte ich das.

„Bist du tatsächlich ein HSV-Fan?“ fragte er mich mit einem Zwinkern.

„Eigentlich nicht, aber von Hertha oder Union Berlin hatten sie keine.“

Er lachte. „Damit würdest du in Hamburg auch nicht so gut ankommen.“

„Interessierst du dich eigentlich auch für Fußball?“

„Nur am Rande, wenn unsere Nationalmannschaft spielt, zum Beispiel. Sonst im Grunde nicht. Ich habe nur wenig Zeit für sowas.“

Vom Turm aus hatte man einen wunderschönen Ausblick. Wie dort oben angezeigt wurde, war Berlin etwa 260 km Luftlinie von St. Pauli entfernt. Ich seufzte tief. Für mich war es viel viel mehr, als nur diese 260 km, - es waren 25 Jahre. Weder der schnellste Zug noch das schnellste Flugzeug hätten mich in diesem Augenblick wirklich nach Hause bringen können. Nicht einmal der *Timeflyer* selbst, wenn ich keine Möglichkeit hatte, ihn richtig einzustellen. Instinktiv griff ich nach dem Pulswärmer und spürte seine Umrisse darunter. Ich hatte Angst um ihn. Ich würde erst wieder ruhig atmen können, wenn ich ihn an Bernd zurückgegeben hatte.

Dennoch wurde es ein schöner unterhaltsamer Tag, und zeitweise vergaß ich, wer ich war, wo ich war und warum ich dort war. Ich war einfach nur ein Mädchen, das einen sonnigen Sommertag genoss, irgendwo, wo es schön war, mit einem netten jungen Mann.

Im Turm-Restaurant hatten wir eine Kleinigkeit gegessen und später einen Kaffee getrunken. Wir hatten viel geredet, wobei ich natürlich immer aufpassen mußte, dass ich kein Thema anschnitt, worüber er noch gar nichts wissen konnte. Aber ich habe auch sehr viel über ihn selbst erfahren, und im Laufe der Zeit habe ich herausgefunden, dass er nicht nur der arrogante spottende junge Bursche war, für den ich ihn anfangs gehalten hatte. Nach diesem Tag waren wir tatsächlich so etwas wie Freunde geworden, - zumindest fühlte es sich für mich so an.

Um den Tag gebührend abzuschließen, lud er mich noch zu einem Drink ins *Palazzo* ein, doch daraus wäre um ein Haar nichts geworden. Auf dem Weg dorthin hätte es nämlich beinahe einen schrecklichen Zwischenfall gegeben.

Aus den Augenwinkeln hatte ich gesehen, dass eine Frau mit einem kleinen Jungen an der Hand am Straßenrand stand, aber niemals hätte ich damit gerechnet, dass sie urplötzlich vor uns über die Straße laufen würde. Und Ronnie auch nicht. Seine blitzschnelle Reaktion bewahrte uns alle vor einer Tragödie. Mit lautem Quietschen und einem heftigen

Ruck zur Seite brachte er den VW zum Stehen. Bruchteile von Sekunden saßen wir wie versteinert im Wagen, dann stürmte Ronnie hinaus, um sich um die Frau zu kümmern, die vor dem Auto auf der Straße lag. Sie blutete aus einer Wunde an der Stirn. Zwar war sie ansprechbar, sie konnte sich aber nicht aufrichten. Auch er kleine Junge war hingefallen, doch zum Glück war er nicht verletzt.

Sofort hatte sich eine Gruppe Schaulustiger gebildet, die um uns herumstanden. Die meisten waren nur neugierig, aber zum Glück hatte auch jemand die Polizei und einen Notarztwagen gerufen. Manche der Leute schimpften auf Ronnie und nannten ihn einen rücksichtslosen Fahrer, obwohl sie gar nicht genau gesehen hatten, was und wie es passiert war. Andere gaben der Frau die Schuld, behaupteten sogar, sie wäre mit Absicht auf die Straße gelaufen, um sich umzubringen. Ich wußte nicht, was ich denken sollte, es war alles so schnell gegangen, deshalb konnte ich auch der Polizei kaum Hinweise geben, als sie uns nach ihrem Eintreffen befragte.

Mir tat vor allem das Kind leid, das nicht zu begreifen schien, was geschehen war. Als der Notarzt seine Mutter untersuchte, schrie es fürchterlich, und ich hatte Mühe, es zu beruhigen.

„Du mußt keine Angst haben", sage ich zu ihm und strich ihm das tränennasse Haar aus der Stirn. „Der Onkel dort ist Doktor, und der macht deine Mama ganz schnell wieder gesund." Trotzdem weinte der Kleine ganz herzzerreißend, vor allem, als die Sanitäter seine Mutter auf einer Trage in den Sani schoben. Der Junge wollte zu ihr, aber die Sanitäter meinten, das ginge nicht, weil sie keine Zeit hätten, sich auf dem Weg in die Klinik um ihn zu kümmern. Sie glaubten, ich sei eine Verwandte.

„Wir bringen sie in die Uni-Klinik, vielleicht können Sie mit dem Kind nachkommen." Dann klappten sie die Türen zu und fuhren los, und ich stand da mit dem bitterlich weinenden fremden Kind an der Hand und warf Ronnie einen hilfesuchenden Blick zu.

Er zuckte die Schultern und lächelte. „Dann fahren wir eben in die Uni-Klinik."

Ich setzte mich mit dem Kleinen auf den Rücksitz und nahm ihn auf den Schoß. „Wie heißt du denn?" fragte ich ihn und streichelte seine Wange.

„Niklas," stammelte er. „Ich will zu meiner Mama."

„Deine Mama hat sich wehgetan, als sie hingefallen ist", erklärte ich ihm, „deshalb wird sie nun in die Klinik gebracht. Und wir fahren jetzt auch dorthin, damit du siehst, dass es ihr gut geht. Und damit sie uns sagen kann, wo wir dich hinbringen können, bis sie wieder gesund ist."

Langsam beruhigte er sich wieder und sein Weinen ließ ein wenig nach. Er legte sogar seinen Arm um meinen Hals und lehnte sich an meine Schulter, und schließlich schniefte nur noch ein paarmal.

Im Foyer der Klinik gab es einen Kiosk, in dem ein Besucher noch schnell ein Mitbringsel kaufen konnte, sollte er mit leeren Händen gekommen sein. Dort gab es hübsch gebundene Blumensträußchen, Pralinen-, und Kekspackungen und andere Süßigkeiten. Daneben aber auch Bücher für Groß und Klein und alle möglichen Spielsachen. Ich hatte nichts Besonderes im Sinn, als ich darauf zulief, ich hatte nur den Wunsch, dem kleinen Jungen eine Freude zu machen, nach dem Schrecken, den er erlebt hatte, als man ihn von seiner Mutter getrennt hatte. Ich wollte etwas für ihn aussuchen, das ihn tröstete und von seinem Kummer ablenkte. Nichts Großes, ich hatte an ein kleines Plüschtierchen gedacht. Aber der Kleine langte in ein Körbchen mit allerlei grellbunt bemalten Holzfiguren und zog einen Engel heraus.

„Das ist gut", sagte ich zu ihm, „das ist jetzt dein Schutzengel. Der wird dich und deine Mama behüten und beschützen, wo immer ihr sein werdet. Wenn du gut auf ihn aufpasst, wird er auch immer gut auf euch aufpassen."

Der Junge lächelte, und nachdem er die kleine Figur eingehend betrachtet hatte, umschloss er sie ganz fest in seiner Hand, als wollte er sie nie mehr loslassen. Selbst dann nicht, als er in das Zimmer seiner Mutter kam und ihr mit einem glücklichen Aufschrei entgegenstürmte.

Wir wussten nicht, ob wir noch bleiben sollten, bis die Schwester der Verletzten eintreffen würde. Jemand hatte sie angerufen, und man ging davon aus, dass sie den Jungen bis auf weiteres zu sich nehmen würde. Da nun Mutter und Kind versorgt waren, die Polizei den Vorfall aufgenommen und festgestellt hatte, dass Ronnie keine Schuld traf, gingen wir.

9.

Ein Abend mit Ronnie

Obwohl alles gut ausgegangen war, hatte der Zwischenfall doch einen kleinen Dämpfer in Sachen guter Laune bei uns hinterlassen. Wir saßen noch eine Weile im Auto, machten uns unsere Gedanken über den kleinen Jungen und seine Mutter und stellten uns vor, was hätte passieren können, wenn Ronnie nicht so schnell reagiert hätte. Im Grunde hatten wir *alle* einen Schutzengel gehabt, nicht nur der kleine Junge.

Apropos Schutzengel: Da fiel mit ein, hatte mir nicht erst vor kurzem jemand von einem Schutzengel erzählt? Ich überlegte, dachte nach. Aber es fiel mir nicht mehr ein.

Wir kamen später als vorgesehen im *Palazzo* an. Eigentlich hatte mich Ronnie seinen Freunden vorstellen wollen, er hatte mich schon darauf vorbereitet, indem er mir geraten hatte, mir nichts aus ihren dummen Sprüchen zu machen, mit denen sie mich konfrontieren würden. Von der Theke her schauten uns schon einige neugierige Gesichter entgegen, doch anstatt mich zu ihnen zu führen und mich ihnen vorzustellen, lief er auf die Polsterbank neben dem Ausgang zu. „Ich hab jetzt keine Lust auf ihr albernes Gequatsche", meinte er. „Laß uns lieber darüber reden, was wir morgen machen."

Ich schüttelte den Kopf. „Darüber müssen wir nicht

reden, Ronnie. Ich weiß jetzt endgültig, was ich morgen machen werde. Mein Zug geht kurz nach zehn Uhr.“

Kaum hatte ich das ausgesprochen, erschrak ich darüber. Was wäre, wenn er mich zum Bahnhof bringen wollte? Nein, das mußte ich ihm ausreden, bevor sich diese Idee in seinem Kopf festsetzte. „Vielleicht fahre ich auch schon früher, wenn ich rechtzeitig genug wach werde.“

„Vielleicht fährst du aber auch gar nicht“, sagte er und sah mich lächelnd an dabei. Er schien sich schon wieder einiges ausgedacht zu haben, was wir in den nächsten Tagen unternehmen könnten. Ich seufzte, für ihn war das alles so einfach.

Er sah sich nach Erny, der Bedienung um, stand dann aber auf, als er sie nirgends entdeckte und ging zur Theke, um unsere Getränke selbst zu holen. Zwei Gläser balancierend kam er zurück.

„Warum hängst du nicht einfach nochmal einen Tag dran?“, fragte er mit einem Zwinkern, als unsere Gläser mit leisem Klirren aneinanderstießen. „Wenigstens noch einen einzigen.“

Ich schüttelte den Kopf. „Dann noch einen und noch einen und noch einen…“

Er lachte. „Ja, warum nicht?“

„Nein, Ronnie, es wird Zeit. Es ist einfach unmöglich, dass ich noch länger bleibe.“

„Aber du hast doch Urlaub. Und es gibt noch so vieles in Hamburg, was ich dir zeigen möchte. Solange das Wetter hält, könnten wir beispielsweise zum Hagenbeck fahren, das ist…“

Ich lachte. „Ich weiß, was der Hagenbeck ist. Das ist

ein wunderschöner Zoo..."

„Aber du hast keine Ahnung, *wie* schön es dort ist."

„Wahrscheinlich genauso schön, wie bei uns im Zoologischen Garten. - Nein, Ronnie, nein. Ich kann nicht länger bleiben. Außerdem mußt du nun doch wieder regelmäßig üben und zur Schule. Ich will nicht dran schuld sein, wenn aus deiner Karriere nichts wird."

Darüber mußte ich lachen, und auch er lachte. Jedenfalls anfangs noch. Doch im nächsten Augenblick kam eine junge Frau auf ihn zu, blieb mit zornigem Gesicht vor ihm stehen und schüttete ihm demonstrativ den Inhalt ihres Glases über sein T-Shirt. Ich war erschrocken, fand aber, dass er insofern noch Glück gehabt hatte, als sie sein Gesicht nicht direkt getroffen hatte, sondern dass es nur ein paar Spritzer waren, die es abbekommen hatte, und die ihm nun über das Kinn liefen.

„Das ist sie also! Wegen der hast du mich kurzerhand abserviert!", schrie sie ihn an. Dann wandte sie sich an mich: „Aber wart's nur ab, dir wird's mit ihm auch nicht besser gehen. Mit diesem verdammten Weiberhelden..."

Ich war froh, dass ihr Glas inzwischen leer war, und dass sie nicht auch noch eines in der anderen Hand gehalten hatte.

Ronald war aufgesprungen und wischte an seinem T-Shirt herum. „Sag mal, bist du jetzt völlig verrückt geworden?", fragte er sie. Dann setzte er sich wieder, weil von der Theke her einige junge Leute, wahrscheinlich gemeinsame Freunde, herübergekommen waren, um die Übeltäterin festzuhalten und sie dann mit sich zu zerren, während sie immer noch laut schimpfte: „Dieser Mistkerl! Dieser elende…“

„Sie ist betrunken,“ entschuldigte Ronnie sie mir gegenüber mit einem Schulterzucken und schüttelte den Kopf. Er griff nach seinem Trikot, hob es an die Nase und roch daran. „Schade um den guten alten Bourbon“, meinte er mit einem schiefen Lächeln.

„Der wird es ihr wert gewesen sein.“

Er nickte und lachte nun wirklich, die Szene schien ihm keineswegs so peinlich zu sein, wie ich mir das im ersten Augenblick vorgestellt hatte.

Erstaunlicherweise bekam er von einigen Leuten aus Richtung der Theke Zuspruch und gute Worte. „Reg dich nicht auf, Ronnie! Du kennst sie doch, du weißt doch, wie leicht sie ausflippt.“

„Naja, ich bin nicht der erste, der ihre Rache abkriegt“, sagte er zu mir.

„Rache? Wofür?“ Inzwischen roch ich den Whiskey auch und zog die Nase kraus.

Er hob die Schultern. „Verschmähte Liebe, Eifersucht. Manche Leute reagieren eben so, wenn sie ihren Willen nicht kriegen und abgewiesen werden.“

Ich wunderte mich, dass er sie überhaupt irgendwann abgewiesen hatte, denn ich fand sie wirklich sehr hübsch. Und elegant dazu. Ich fragte mich, ob sich in meiner Zeit überhaupt noch jemand in einem so eleganten Hosenanzug zu seinen Freunden ins Bistro gesetzt hätte. Vom Äußeren her war sie dem hübschen Ronald Heltau durchaus ebenbürtig, fand ich, und mit ihren silberweißen raffiniert gefönten Locken hätte sie sogar zu dem großen Ronaldo Carrera gepasst.

Ich erschrak, als ich feststellte, dass ich das laut

ausgesprochen hatte. Auch Ronald hatte gestutzt und starrte mich an. „Wie hast du das gemeint?", fragte er.

Ich hob die Schultern. „Wie? Was denn?"

„Was du da eben gesagt hast?"

„Nichts. Ich…"

„Überleg mal, was hast du gerade gedacht, als du das gesagt hast?"

„Nichts. Ich habe mir gar nichts dabei gedacht. Ich meinte nur, sie sah so elegant aus, da würde sie zu jedem Mann mit einem so bombastischen Namen passen."

„Mit einem *bombastischen Namen*?" Er sah mich verwundert an.

Ich hob die Schultern. „Ja. Wie zum Beispiel… Roberto di Medici, oder Frederico von Canberra…" Ich überlegte, ob mir nicht noch was Besseres einfiel. „Oder… Wilfriedo Ferrari…"

Inzwischen schaute er mich eher nachdenklich an, anstatt verwundert, er schwieg aber dazu.

„Gehört sie zu den Stammgästen hier?", fragte ich, um abzulenken, aber er gab mir keine Antwort. Was war denn los, was hatte ich denn Schlimmes gesagt? Jetzt war *ich* es, die verwundert war. „Ihre Freunde haben doch sicher gemerkt, dass sie etwas Derartiges vorhatte, hätten sie sie nicht beizeiten bremsen können…?", redete ich weiter, doch ich hatte das Gefühl, als hörte er mir gar nicht mehr zu. Vielleicht ging ihm die Sache mit dieser jungen Dame doch näher, als er zugeben wollte, dachte ich.

Plötzlich stand er auf. „Trink dein Glas aus."

„Warum?"

„Wir gehen woanders hin."

„Das bestimmst du einfach so?" Ich war ärgerlich.

„Ja", sagte er, nahm meinen Arm und schob mich in Richtung Ausgang.

„Du hast deine Rechnung noch nicht bezahlt."

„Das geht schon in Ordnung, man kennt mich hier."

Inzwischen war ich neugierig geworden. Was war mit der jungen Frau, und was hatte er jetzt vor? Schließlich war es nicht meine Schuld gewesen, dass sie so auf mich reagiert hatte.

Es war immer noch hell draußen, als wir auf die Straße kamen, doch vereinzelt waren schon verschiedene Beleuchtungen eingeschaltet. Auch die bunten Lichterketten vor dem Bistro brannten.

Ronnie hielt mich auch weiterhin am Arm fest und dirigierte mich in die Nebenstraße, in der er den VW abgestellt hatte. Ich wunderte mich über seine Reaktion, die so gar nicht zu dem Jungen passte, mit dem ich den ganzen Tag über unterwegs gewesen war.

„Mein Gott, jetzt laß mich doch endlich los."

„Versprich mir, dass du nicht wegläufst."

„Ich weiß nicht, ob ich dir das versprechen kann."

„Gut, dann halt ich dich eben weiterhin fest."

„Aber warum denn bloß? Wohin willst du denn...?"

„Ich muß mir ein anderes T-Shirt anziehen."

„Ach, und dabei muß ich dir behilflich sein?"

„Nein."

„Was dann?"

Inzwischen hatten wir sein Auto erreicht. Er öffnete mir die Tür und schob ein wenig nach, weil ich ihm nicht schnell genug einstieg. In dem kleinen engen Auto fuhr einem der Bourbon-Geruch noch stärker in die Nase.

„Jetzt sag mir doch, was los ist. Wo willst du denn hin?“

Keine Antwort. Kurz darauf hielten wir vor seinem elterlichen Haus. Den Weg zu seinem Zimmer kannte ich ja schon. Dort angekommen drückte er mich auf einen Stuhl und fragte eindringlich: „Woher kennst du diesen Namen?“

„Welchen Namen?“

„Du weißt genau, was ich meine.“

Ich schüttelte den Kopf. „Nein, das weiß ich nicht“

Notgedrungen mußte er *diesen Namen* noch einmal wiederholen. „Ronaldo Carrera“.

Ich erschrak ein bisschen und fragte mich, wo *er* ihn schon einmal gehört haben konnte. Und warum ich ihn damit so verärgert hatte. „Nirgendwoher, der ist mir einfach so eingefallen, ohne, dass ich mir etwas dabei gedacht hätte.“

„Das glaube ich dir nicht.“

Ich hob die Schultern. „Aber wirklich, das hatte überhaupt keine Bedeutung.“

Währenddessen sah ich ihm zu, wie er sein alkoholisiertes T-Shirt über den Kopf zog. Er machte auch ohne eine gute Figur, und es fiel mir schwer, ihn nicht dauernd anzustarren. Es schien, als wollte er sich das zunutze machen, denn er setzte sich auf einen Stuhl mir gegenüber und schaute mich herausfordernd an. „Ich frage dich noch einmal: Woher kennst du *diesen Namen*?“

„Und ich sage dir noch einmal: Von nirgendwoher. Aber sag du mir doch endlich, was es mit *diesem Namen* auf sich hat, und warum du dich so darüber aufregst.“

Er seufzte und lehnte sich zurück. Ich wünschte, er hätte sich endlich wieder ein T-Shirt angezogen.

„Ich war vier, als mir meine Mutter die erste kleine Melodie auf dem Klavier beigebracht hat", begann er.

Danach schwieg er einen Augenblick, sah mich aber immer noch seltsam an. „Das hat mir riesigen Spaß gemacht, deshalb hab an Weihnachten danach ein kleines Mini-Klavier geschenkt bekommen", erzählte er weiter. „Den ganzen Tag über hab ich darauf herumgeklimpert."

Das passte zu ihm, dachte ich, das passte zu einem Menschen, der einmal ein großer Musiker und damit weltberühmt werden würde. Doch warum erzählte er mir das?

„Ich hatte aber auch noch ein anderes Hobby, damals, und zwar war ich genauso verrückt, wie nach dem Klavierspielen, nach meiner Carrera-Rennbahn."

„Ja und?", fragte ich, und ganz vage ahnte ich einen Zusammenhang.

„Deshalb dauerte es nicht lange, bis sich meine Familie für mich einen ganz speziellen Namen ausgedacht hatte: Sie nannten mich *Ronaldo Carrera*." Er beobachtete mich.

Aha, dachte ich und mußte lächeln, so war das also. Und diesen Namen hatte er beibehalten. Oder später, als es ernst wurde mit seiner Karriere, hat er ihn wieder hervorgekramt. „Das hört sich doch gut an", fand ich.

Aber er schüttelte den Kopf. „Nein", meinte er, „ich habe diesen Namen gehasst. Jedenfalls später, als ich etwas älter und mein Klavierspiel wesentlich besser geworden war. Ich weiß, sie wollten mich nur ein bisschen necken, aber ich bin jedes Mal regelrecht ausgerastet, wenn mich jemand so genannt hat. Und gerade deshalb haben sie es ja immer und immer wieder gemacht. Bis ich ihnen gedroht habe, ich würde nie mehr Klavier spielen, wenn sie mich noch ein einziges Mal so nennen würden. Und das ist mir verdammt ernst gewesen."

„Aber warum denn bloß?"

„Verstehst du denn nicht? Das war mein Kleinkinder-name, mein Baby-Name! Ich wollte nicht, dass der ewig an mir hängenblieb. Wie bei meinem Cousin Leon Stein. Der nannte sich als kleines Kind Leo Löwenstein. Und so nennt man ihn heute noch, - mit fünf-undzwanzig!!"

Ich mußte lachen, was mir einen vorwurfsvollen Blick von Ronnie einbrachte. „Ich finde nicht, dass das witzig ist, Caro. Außenstehende mögen das lustig finden, aber wenn es einen selbst trifft... Stell dir vor, man hätte dich als kleines Mädchen... vielleicht... Linchen Pinkelmonster genannt und man würde das heute noch manchmal zu dir sagen."

Ich prustete empört. „Ich war nie ein Pinkel-monster", verteidigte ich mich.

Er lachte. „Irgendwann schon, vermute ich mal." Dann wurde er wieder ernst. „Und nun sag mir einfach, wer dir diesen Namen verraten hat. Irgendjemand konnte wahrscheinlich den Mund nicht halten und wollte mich..."

„Nein, niemand, Ron..." Beinahe hätte ich Ronaldo gesagt. „Nein, Ronnie. Wer sollte ihn mir denn verraten haben, ich kenne doch niemanden, ich bin doch erst seit ein paar Tagen hier in Hamburg..."

Er sah mich an und schüttelte langsam den Kopf. „Und hast schon so viel angerichtet."

„Wieso, ich hab doch nicht…"

Als sein Gesicht meinem immer näherkam, begann mein Herz an, schneller zu schlagen. Dabei war sein immer noch nackter Oberkörper, der zusätzlich auch noch den leichten Duft nach Bourbon ausstrahlte, eigentlich das Schlimmere. Hätte mir im Laufe des Tages jemand gesagt, dass ich ihn küssen würde, ich hätte ihn ausgelacht. Auch damit, dass dieser Kuss so intensiv ausfallen würde, hätte ich niemals gerechnet. Und doch…, wenn ich darüber nachdachte, war er eigentlich schon eine ganze Weile fällig. Und er war das Schönste und Aufregendste, was mir in den letzten Tagen passiert war.

Er machte sich unter meinem T-Shirt zu schaffen. Dann fragte er lachend: „He HSV-Fan, was macht dein Handgelenk? Tut es noch weh?" Er wollte danach greifen, zum Glück konnte ich es aber gerade noch aus seiner Reichweite ziehen. Wahrscheinlich hätte er sich gewundert, darunter etwas zu finden, das wie eine zweite Uhr aussah. Und wie hätte ich ihm erklären sollen, was es damit auf sich hatte? Der *Timeflyer* mußte unauffällig verschwinden.

Ich legte meine Arme um seinen Hals, um in seinem Nacken den Pulswärmer mitsamt *Timeflyer* von meinem Handgelenk zu streifen, und als schließlich mein T-Shirt zu Boden fiel, war beides in seinen Falten verborgen.

Es dauerte eine Weile, bis ich begriff, wer das eigentlich war, der mich da plötzlich fast um den Verstand brachte: War das Ronaldo Carrera? Oder

Ronald Heltau? Oder einfach nur Ronnie, der eine Seite in mir zum Klingen gebracht hatte, von der ich bisher bestenfalls nur etwas geahnt hatte?

„Jetzt solltest du mir aber doch sagen, woher du diesen vermaledeiten Namen kennst", sagte Ronnie später zu mir, während er kleine Küsse auf meinen Schultern verteilte. „Wir sollten keine Geheimnisse voreinander haben." Er hielt mich im Arm, die Quiltdecke hatte er über uns ausgebreitet.

„Ich habe ihn nicht gekannt, Ronnie wirklich nicht, ich habe ganz zufällig…"

"Caro!" Er seufzte. „Das kann kein Zufall gewesen sein."

Natürlich verstand ich, dass es ihm seltsam vorkommen mußte, dass ich diesen Namen erwähnt hatte. Normalerweise hätte ich ihn nicht wissen dürften, aber was sollte ich ihm denn sagen? Eigentlich hatte ich am nächsten Tag zurück nach Berlin fahren wollen, dann hätte sich dieses Thema eh' von selbst erledigt. Doch so wie die Dinge inzwischen lagen, dachte ich tatsächlich ernsthaft daran, vielleicht doch noch ein oder zwei Tage dranzuhängen. Wenn ich jedoch nicht wollte, dass er mir diese Frage täglich aufs Neue stellte, mußte ich mir eine zufriedenstellende Antwort für ihn einfallen lassen. „Es könnte vielleicht sein…"

„Ja?"

„Es ist mir peinlich, darüber zu reden…"

„Aber warum denn. Was immer es ist, du kannst ganz offen sein."

„Da gibt es eine… etwas unnormale Seite an mir. Eine Sache…, die mir angeboren ist…"

Er hob den Kopf und sah mich prüfend an. „Ja?“

„Ja.“

„Und was wäre das?“

„Ich kann manchmal… in die Zukunft sehen.“

„Das ist nicht dein Ernst, oder?“

Oh mein Gott, Ronnie, dachte ich. Wenn dir das schon abwegig vorkommt, was würdest du dann erst sagen, wenn du wüsstest, dass sogar ich selbst aus der Zukunft gekommen bin?

„Doch, das ist mein Ernst“, sagte ich und war auch wirklich ganz ernst dabei.

„Und wie äußert sich das?“

„Indem ich manchmal Dinge weiß, die ich eigentlich gar nicht wissen sollte. Und das wundert mich dann selbst…“

„Und das war auch so mit dem Namen, den du mir genannt hast?“

„Ja. Der ist mir einfach so herausgerutscht. Ohne, dass ich darüber nachgedacht habe.“

„Ist dir das schon häufiger passiert?“

Ich nickte. „Ja, schon sehr oft.“

„Kannst du mir ein Beispiel nennen?“

„Was ich auch sage, wahrscheinlich wirst du erst in der Zukunft feststellen können, ob ich recht hatte oder nicht.“

„Gibt es nichts, was du vor Jahren schon gewußt hast und was dann erst später tatsächlich eingetroffen ist?“

Ich überlegte. „Ja, ich… Ich habe die Berliner Mauer vorausgesagt.“

Er schaute mich nachdenklich an. „Und? Siehst du auch, wie lange es sie noch geben wird?“

Ich nickte.

„Wirklich? Wie lange denn noch?“

„Ich glaube… Wahrscheinlich noch… bis 1989.“

„Es wäre schön, wenn du recht hättest, viele glauben nämlich schon gar nicht mehr dran, dass sie wieder verschwindet.“

„Du wirst es sehen. - Aber laß uns jetzt lieber von was anderem reden. Ich werde nicht gern auf diese Gabe angesprochen.“

„In Ordnung.“ Er lächelte und küsste mich wieder. „Gut, reden wir von was anderem, kleine Hexenmeisterin.“

„Das darfst du aber jetzt auch nicht mehr zu mir sagen, sonst nenne ich dich wieder…“

Er hob die Hand. „Nein, ok. Gut, dann reden wir lieber davon, wie lange du noch bleiben kannst.“

„Nicht mehr lange, allerhöchstens zwei Tage.“

„Du mußt mir deine Adresse und deine Telefonnummer geben, damit wir in Verbindung bleiben können. Vielleicht kann ich dich ja auch mal in Berlin besuchen. Wenn das nächste Semester rum ist.“

Ich gab ihm keine Antwort. Oh Ronnie, das ist alles nicht so einfach, wie du dir das vorstellst, dachte ich schweren Herzens. Aber zwei Tage, die gestand ich uns noch zu.

10.

Das Geheimnis wird gelüftet

Es war schön, noch ein paar Tage mit Ronnie zusammen zu sein, aber es war schwierig für mich, ihn nicht merken zu lassen, dass ich nicht in seine Welt gehörte. Er wollte, dass ich ihm mein Zimmer in der Pension *Rotärmel* zeigte, oder dass ich in seinem Beisein meine Mutter anrief, um sie um einige Tage Urlaubsverlängerung zu bitten. Ich sollte ihm meine Berliner Anschrift und meine Telefonnummer aufschreiben, doch das ging nicht. Er konnte nicht verstehen, warum ich mich immer wieder weigerte, einiges zu tun, um was er mich bat. Inzwischen wußte ich auch nicht mehr, wo ich den *Timeflyer* verstecken sollte, wenn wir in seinem Zimmer oder gar unter der Quiltdecke landeten, und auch die Fragen nach der Zukunft gingen ihm nicht aus. Wenn sie dann auch noch die Zeit nach 2007 betrafen, blieb mir nichts anderes übrig, als ihn manchmal ein bisschen anzuschwindeln. Mir war klar, lange würde ich das nicht mehr durchhalten können. Entweder mußte ich Hamburg nun wirklich so schnell wie möglich verlassen, oder aber… Was wäre, wenn ich ihm einfach die Wahrheit sagte? Wäre das nicht das einzig Richtige? dachte ich manchmal. Und doch… Immer wieder schob ich es hinaus, - bis eines Tages er selbst es war, der mir unabsichtlich die Gelegenheit verschaffte, offen darüber zu reden.

Wir hatten einen wunderschönen Nachmittag zusammen verbracht, hatten abends noch schnell in den *Bajazzo* hineingeschaut, um den Tag dann in seinem Zimmer ausklingen zu lassen.

Er hielt mich im Arm, fuhr mir mit dem Zeigefinger zärtlich über die Wangen, über die Nase, die Lippen... und fragte plötzlich: „Caro, wer bist du?"

Ich war erschrocken, wollte mich aufrichten, ihn fragen, wie er das meinte, - aber er hielt mich sanft zurück.

„Verrat mir dein Geheimnis", sagte er und küsste mich zärtlich. „Da gibt es etwas, von dem du nicht willst, dass ich es weiß."

Unsere Blicke trafen sich. Er hatte ja recht, ich mußte es ihm endlich sagen. Selbst auf die Gefahr hin, dass er mich dann nicht mehr mochte.

„Ja", antwortete ich leise, „da gibt es etwas."

„Sei ehrlich, du kannst gar nicht in die Zukunft sehen, stimmt's?"

„Nicht so, wie du es dir vorstellst."

„Wie dann?"

„Ich *komme* aus der Zukunft." - Jetzt war es raus.

Er blieb ganz ruhig, schaute mir tief in die Augen, und sein Zeigefinger fuhr fort, mich liebevoll zu streicheln."

„Caro, es ist mir ernst."

„Mir ist es auch ernst, Ronnie. Ich kann es dir beweisen."

Er lächelte schwach. „Wie willst du das machen?"

Ich sah ihm an, dass er mir nicht glaubte.

Vorsichtig schob ich ihn zur Seite, griff nach meinen Jeans, die mit den übrigen Kleidungsstücken vor uns auf dem Boden lag, nahm den *Timeflyer* aus der

Hosentasche und hielt ihn ihm auf der flachen Hand entgegen.

„Deine Uhr", meinte er nur, aber ich schüttelte den Kopf. „Nein, das ist keine Uhr."

Erstaunt stellte er fest, dass ich meine normale Armbanduhr noch immer am rechten Handgelenk trug. Er wollte nach dem *Timeflyer* greifen, doch ich zog die Hand zur Seite.

„Was ist das? Zeig doch mal!"

„Sei mir nicht böse, Ronnie, aber ich kann ihn nicht aus der Hand geben. Von ihm hängt es ab, ob ich wieder nach Hause komme oder nicht."

„Von ihm?"

„Ja. Wir nennen ihn *Timeflyer*."

„Zeig ihn mir", bat er mit rauer Stimme „er sieht aus, wie eine Uhr."

„Ja, fast. Aber er kann so vieles mehr, als das, was eine Uhr kann."

„Wo hast du ihn her?"

„Das ist eine lange Geschichte. Er gehört mir nicht, und eigentlich hatte ich auch nicht das Recht, ihn einfach an mich zu nehmen. Deshalb kann ich erst dann wieder ruhig atmen, wenn ich ihn heil nach Hause gebracht habe."

„Nach Berlin."

„Ja, nach Berlin"

„Das bedeutet, dass du nun wirklich bald gehen mußt?"

Ich nickte. „Ja. Ich bin schon viel zu lange hier. Eigentlich habe ich ihn nur kurz ausprobieren wollen…"

„Kannst du mir sagen…, was man… damit machen

kann?“

„Man kann damit von einer Zeit in die andere reisen.“

„Und wie funktioniert das?“

„*Wie* das funktioniert, weiß ich nicht. Ich weiß nur, *dass* es funktioniert.“

„Du bist also damit aus der Zukunft gekommen?“
Ich nickte.

„Aus welcher Zukunft?“

„Aus einem Jahr, das für dich die Zukunft, für mich aber meine Gegenwart bedeutet. Das Jahr 2007.“

„Oh, mein Gott“, sagte er leise und fuhr sich mit dem Handrücken über die Augen.

Für eine Sekunde hatte ich Angst, ich hätte ihn verloren. Mußte er mich nicht für ein Monster halten? Jemand, der 25 Jahre einfach überspringen konnte? Ich hätte ihn gern berührt, geküsst…, aber ich traute mich nicht mehr.

„Ronnie, es tut mir leid… Jetzt, wo du das weißt, magst du mich vielleicht nicht mehr. Vielleicht hältst du mich jetzt wirklich für eine Hexe…“

Er lächelte, streckte die Hand nach mir aus und fuhr mir ein wenig unbeholfen über die Wange.

„Warum sollte das irgendetwas an meinen Gefühlen für dich ändern?“

„Ich könnte es verstehen“, sagte ich traurig. „Wie willst du wissen, ob ich die Wahrheit sage, oder ob ich dir nicht einfach nur etwas vorschwindele?“

„Wenn du mithilfe dieses Dinges hergekommen bist, dann muß es tatsächlich funktioniert haben. Dann ist das keine Hexerei, sondern… dann… - Dass ein Auto fährt, mag einem Menschen aus dem Urwald auch vorkommen wie Zauberei. Aber dahinter steht eine Erfindung aufgrund physikalischer Gesetze. Auch wenn das nicht jeder auf Anhieb versteht oder erklären kann. Wäre es möglich, dass du es mir… irgendwie zeigst? Vorführst?"

Ich nickte. „Ja, aber…"

„Aber?"

„Du würdest nur feststellen, dass ich auf einmal nicht mehr da bin. Du wüsstest aber nicht, *wo* ich bin."

„Dann schick *mich* weg."

„Das geht nicht."

„Warum nicht?"

„Ich kann es unmöglich aus der Hand geben. Ich habe es unrechtmäßig an mich genommen, ich möchte nicht noch mehr Unheil damit anrichten."

„Zeig mir, was du damit machen kannst. Bitte."

„In Ordnung. Aber zur Sicherheit sollten wir rausgehen", schlug ich vor.

„In den Garten?"

Ich schüttelte den Kopf. „Es ist mitten in der Nacht. Dort ist es um diese Uhrzeit viel zu dunkel. Und wenn schon, dann will ich, dass du siehst, was geschieht."

„Gut." Er zog seine Jeans an, griff nach einem Pullover und ging zur Tür.

„Halt. Bleib sitzen, ich muß den *Timeflyer* erst einstellen."

„Darf ich dir dabei nicht zusehen?" Er lächelte. „Ist dafür eine Zauberformel notwendig?"

„Natürlich darfst du mir dabei zusehen. Aber ich brauche Licht."

Er folgte mir an den Schreibtisch und sah mir zu, wie ich im Licht der Schreibtischlampe eines der Rädchen eine Winzigkeit verstellte, und zwar bis zur selben Zeit des Vortages. Aber ich erklärte ihm nicht, was ich und wozu ich etwas verändert hatte, es war besser, wenn er nichts davon wußte. Dann band ich mir das Lederarmband um das freie Handgelenk.

„Ich hoffe, dass es gestern um diese Zeit genauso ruhig war wie heute."

Draußen vor dem Haus war es still, es war nicht mehr viel los mitten in der Nacht. Nur selten kam ein Auto die Straße entlang, und von weitem hörten wir eine Gruppe junger Leute, die lustig und lachend auf dem Heimweg waren.

Wir liefen zur Mitte der Straße, wo die Autos unter den Kastanien parkten. Auch Ronnies hässlich-roter VW-Käfer stand dort. Ich stellte mich davor, bemühte mich aber, frei zu stehen und mich nicht anzulehnen. Ronnie stand mir gegenüber an einen blauen Ford gelehnt und wandte den Blick nicht von mir. Ich hatte den Finger bereits am Schalter, und sagte: „Schau mich genau an, Ronnie, ich werde eine Minute lang fort sein."

Ich berührte flüchtig seine Wange. „Bitte bleib genau dort stehen, wo du jetzt stehst, ok? Und denk daran, nur eine Minute."

Im nächsten Augenblick war ich allein, und ich wußte, ihm würde es jetzt in diesem Moment genauso gehen.

Dort wo ich inzwischen war, in der Nacht zuvor, war es ein wenig windiger und es tröpfelte leicht, doch das war nicht der einzige Grund dafür, dass ich froh war, als wir uns nach einer Minute wieder gegenüber-standen.

„Ich kann das gar nicht…, oh mein Gott, das ist unbeschreiblich", stammelte er. „Könntest du das auch mit mir machen?"

„Ich werde das niemals mit dir machen."

„Warum nicht? Woher soll ich denn wissen, ob es nicht nur eine… Sinnestäuschung, ein Zaubertrick war? Vielleicht bis du die Tochter eines Zauberkünstlers, der dir schon als kleines Kind die verschiedensten Tricks beigebracht hat."

Ich schüttelte den Kopf. „Es war kein Trick, Ronnie. Du mußt es mir einfach glauben."

„Und mit mir geht das nicht?"

„Es würde auch mit dir funktionieren, aber meine Angst, dich damit allein zu lassen, wäre viel zu groß. Ich selbst habe das Vertrauen eines Freundes missbraucht, als er es mir vorgeführt hat, indem ich eigenmächtig gehandelt habe und dann hierher nach Hamburg gekommen bin."

„Ich würde dir schwören, dass ich nichts berühre."

„Das habe ich auch getan, und trotzdem bin ich hier."

„Vielleicht kannst du es mit uns beiden machen?"

„Ich weiß nicht, ob es mit zwei Personen möglich ist."

„Laß es uns versuchen. Erst dann kann ich 100%ig glauben, dass es kein Trick ist."

„Das heiß, du traust mir immer noch nicht?"

„Doch, - nein, - ich weiß nicht. Caro, ich weiß überhaupt nicht mehr, was ich denken soll."

Ich überlegte. Alles, was ein Mensch an sich trug und bei sich hatte, wurde mit ihm zusammen in die andere Zeit transportiert. Warum sollte das nicht auch mit zwei Personen klappen, wenn sie ganz nah beieinanderstanden?

„Ich könnte etwas ausprobieren", sagte ich.

Ich trat ganz dicht vor Ronnie hin, legte die Arme fest um seinen Hals und forderte ihn auf, mich so fest an sich zu drücken, wie es ihm nur möglich war.

„Es wird ein bisschen windiger sein und anfangen zu regnen. Aber such dir trotzdem irgendwo einen Punkt, an dem du beobachten kannst, dass sich tatsächlich etwas verändert", sagte ich.

"In Ordnung."

Ich hatte Angst. Was wäre, wenn ich ihn unterwegs ‚verlieren' würde? Nicht auszudenken! Mein Herz klopfte zum Zerspringen. Doch das Wetter war das einzige, was sich veränderte, wir hielten einander noch immer fest. „Halt ganz still", flüsterte ich Ronnie zu und hielt dann selbst den Atem an. Und Gott sei Dank landeten wir eine Minute später auch beide zusammen wieder an unserem Ausgangspunkt.

„Hast du es bemerkt?" fragte ich ihn, ohne ihn loszulassen.

„Ja. Wie ist das nur möglich."

„Ich weiß es nicht. Ich weiß nur, *dass* es funktioniert, sonst wäre ich nicht hier in deiner Zeit."

Nur langsam löste er sich von mir und nickte.

Er lehnte seine Stirn gegen meine. „Danke, Caro! Danke, dass du es mir gezeigt hast."

Inzwischen war uns beiden ein bisschen kalt geworden, deshalb sahen wir zu, dass wir so schnell wie möglich zurück ins Haus und in sein Zimmer kamen. Doch in dieser Nacht schliefen wir nicht mehr. Ronnie hatte so viele Fragen, aber er verstand auch, dass ich ihm das meiste davon weder beantworten durfte noch konnte.

„Caro, ich liebe dich. Gibt es denn gar keine Möglichkeit für uns, dass wir in Kontakt bleiben?“

Wir hielten einander im Arm und waren uns unserer aussichtslosen Situation durchaus bewußt.

Ich schüttelte den Kopf. „Wir können nichts tun, Ronnie. Es gibt nur deine oder meine Zeit. Entweder du kommst mit mir, oder ich bleibe hier bei dir. - Aber beides ist unmöglich.“

Inzwischen wurde es draußen langsam heller, und die Morgendämmerung versuchte, durch die Lamellen der Jalousien zu kriechen. Es würde nicht mehr lange dauern, bis die Sonne die aufging.

„Ist es wirklich unmöglich?“

„Überleg doch selbst. Könntest du hier alles aufgeben? Deine Familie, deine Ausbildung?“

Sollte ich ihm sagen, dass es ihn in meiner Zeit in Berlin schon einmal gab? Dass er inzwischen ein weltbekannter Klavier-Virtuose war? Aber…, auf einmal war ich mir da gar nicht mehr so sicher. Veränderte eine Zeitreise nicht vielleicht grundlegend alles? Wurde denn nicht plötzlich alles in Frage gestellt? Ich mußte an Frau Meerbold denken. Hatte sie mich nicht schon bepackt aus dem Haus gehen sehen, bevor es für mich überhaupt eine Veranlassung gegeben hatte, wegzugehen? Wenn Ronnie jetzt aus Hamburg fortging und seine Ausbildung unterbrach, würde vielleicht niemals der große Ronaldo Carrera aus ihm werden können. Und wenn ich mich entschied hier bei ihm in Hamburg zu bleiben, wie würde sich dann das Leben meiner Familie verändern?

„Ich bin zwar nur Verkäuferin in einer Drogerie-

Kette", sagte ich leise, „aber ich habe auch eine Familie und Freunde… Sie würden mir fehlen, und ich weiß, dass auch sie mich vermissen würden. Ich habe mir in den letzten Tagen ein Bild davon machen können, wieviel sich in den letzten fünfundzwanzig Jahren verändert hat, seit ich von zu Hause weggegangen und hierhergekommen bin."

Ich verstand plötzlich, warum die beiden Physiker, Dr. Weißgerber und Prof. Riechling, die diese kleine Zeitmaschine erfunden hatten, sie vor der Menschheit noch geheimhalten wollten. Selbst wenn man nur ein winzig kleines Mosaiksteinchen in der Zeit veränderte, konnte das ungeahnte Folgen haben. Nein, ich durfte nicht länger bleiben, ich mußte so schnell wie möglich nach Hause, damit Bernd den *Timeflyer* zurück an seinen Platz bringen konnte.

„Ich liebe dich auch, Ronnie." Ich küsste ihn. „Aber wir wissen beide nicht, ob unsere Liebe dem standhalten könnte, dem sie ausgesetzt wäre, wenn einer von uns seine Zeit für immer verlassen würde. Ich denke, dafür kennen wir uns auch noch nicht lange und nicht gut genug."

Er nickte. „Das heißt also, wenn du morgen gehst, werde ich dich nie mehr wiedersehen?"

„Es sei denn, ich besuche dich in meiner Zeit." Das hatte eigentlich ein Spaß sein sollen, und ich mußte lächeln dabei, obwohl mir eigentlich gar nicht nach Spaßen zumute war. „Stell dir vor, ich stünde plötzlich vor deiner Tür und würde sagen: ,Hallo Ronnie, ich bin's, Caro. Erinnerst du dich an mich und an die wunderschönen Tage damals in Hamburg? In 1982?'"

„Würdest du mich denn finden?"

„Natürlich würde ich dich finden", sagte ich traurig, „ich weiß doch…" Er nahm mein Gesicht in seine Hände, ich sah etwas wie Hoffnung in seinen Augen. Eine trügerische Hoffnung. „Caro…, du weißt also, wo ich dann bin…?" Ich gab ihm keine Antwort.

„Du weißt, wo ich wohne? In deiner Zeit?"

„Vergiss es, Ronnie, das würde nicht funktionieren."

„Aber warum denn nicht!"

„Weil du dann fünfundzwanzig Jahre älter bist als jetzt, und weil du fünfundzwanzig Jahre lang dein Leben gelebt hast ohne mich. Mit anderen Menschen. Wir passen dann nicht mehr zusammen, verstehst du?"

Er überlegte. „Aber wir könnten es versuchen. *Du* könntest es versuchen."

Ich schüttelte den Kopf. „Damit täten wir uns nur selbst weh. Du könntest dich kaum mehr an mich erinnern, ich wäre nichts, als eine schöne Erinnerung für dich. Und du wärst für mich nicht mehr der, der du jetzt bist, denn vom Alter her könntest du mein Vater sein. Nein Ronnie, alles wäre anders. Alles. Nichts wäre mehr dasselbe."

Er küsste mich zärtlich. „Aber ich werde auf dich warten, Caro. Vielleicht überlegst du es dir anders. Ich werde darauf hoffen, dass ich dich wiedersehe. Eines Tages. Im Jahre 2007 oder später. Irgendwann."

Mir kamen die Tränen, und ich schüttelte heftig den Kopf. „Tu das nicht, Ronnie, warte nicht auf mich. Du wirst ein schönes Leben haben. Vergiss mich einfach, du hast fünfundzwanzig Jahre Zeit dazu."

Er hielt mich ganz fest im Arm. „Aber vielleicht ist gerade *das* unsere Bestimmung, eines Tages wieder zusammen zu sein. Vielleicht konnte die Sache mit dem *Timeflyer* überhaupt nur deshalb funktionieren, damit wir auf irgendeine Weise zueinander finden?" Hatte er damit vielleicht recht? fragte ich mich, aber....

„Wir sollten das nicht schon hier und jetzt entscheiden. Laß uns abwarten und die Situation ganz neu beurteilen. In meiner Zeit."

„Ich werde auf dich warten…", wiederholte er noch einmal. Zärtlich fuhr ich ihm durch seine blonde Mähne. „Wahrscheinlich würdest du mich gar nicht mehr erkennen."

Er lachte. „Ganz sicher würde ich dich erkennen. Wenn du plötzlich vor mir stündest und sagtest: ‚Hallo, ich bin Caro aus Hamburg, dann würde ein Licht in meinem Herzen aufgehen, und ich würde sofort wissen, dass du es bist."

„Und dann? Vielleicht wärst du längst glücklich zu diesem Zeitpunkt, auch ohne mich. Ich würde niemals dein Glück zerstören wollen…"

„Und wenn es nicht so wäre? Wenn du erfahren würdest, dass ich *nicht* glücklich bin? Würdest du dich dann bei mir melden?"

„Nein Ronnie, wahrscheinlich nicht. Aber darüber kann ich erst in fünfundzwanzig Jahren entscheiden. Und fünfundzwanzig Jahre sind eine verdammt lange Zeit."

Ich seufzte tief. Ich wußte, für mich wäre es anders. Ganz anders. Für mich wäre dieser Abschied, wären seine Umarmungen und seine Küsse erst Stunden oder Tage her. Ich würde mehr als eine Ewigkeit brauchen, um das zu vergessen.

11.

Allein

Am nächsten Morgen stand ich früh auf. Das Herz war mir so schwer, als läge ein Stein in meiner Brust. Ich wollte unseren Abschied nicht unnötig in die Länge ziehen. Wir hatten uns noch einmal umarmt, noch einmal geküsst, und dann verließ ich eilig sein Zimmer, die Halle, das Haus..., und noch während ich auf die Straße lief, drückte ich das kleine Hebelchen hinunter. Es war vorbei.

Ich weinte den ganzen Weg entlang bis zur *Pension Rotärmel*, dort packte ich meine paar Habseligkeiten zusammen, versuchte, wenigstens eine Kleinigkeit zu frühstücken, obwohl ich kaum etwas hinunterbrachte und bezahlte dann die Rechnung bei dem netten weißhaarigen alten Mann.

„Es sieht so aus, als hätten Sie einen lieben Menschen verlassen müssen", meinte er, während er mich voller Mitgefühl anschaute. Ich konnte nur nicken.

„Irgendwann kommen Sie wieder, und dann wird alles wieder genauso schön werden wie heute," versuchte er mich zu trösten.

Ich nickte, aber ich wußte es besser. Es würde nie wieder so werden, nie wieder. Anders vielleicht, - aber nie wieder so wie heute.

Ich mußte über eine Stunde warten, bis mein ICE nach Berlin fuhr, doch ich blieb einfach nur in der

Wartehalle sitzen. Ich hätte in meiner Zeit ins *Bajazzo* gehen können, das wäre nicht sehr weit gewesen, aber ich war nicht fähig, mich noch einmal aufzurappeln, um irgendetwas zu unternehmen, was mir den Abschied wahrscheinlich noch schwerer gemacht hätte, als er ohnehin schon war.

Während der Fahrt nickte ich immer wieder für kurze Zeit ein, - dabei wünschte ich, dass ich endlich eine Weile hätte richtig schlafen können. Einmal, weil ich die Nacht vorher kein Auge zugemacht hatte, zum anderen wäre die Zeit bis Berlin dann wesentlich schneller vergangen. Und vielleicht hätte sich dadurch das Chaos in meinem Kopf und in meinem Herzen ein wenig beruhigt.

Am Hauptbahnhof nahm ich mir ein Taxi, und erst in der kleinen Parkanlage neben unserer Wohnsiedlung, zwischen den parkenden Autos ging ich zu dem Tag zurück, an dem ich damals aufgebrochen war: Zum 23. Juni 2007.

Es war 10 Minuten vor 10 Uhr, als ich unsere Wohnung aufschloss. In meinem Zimmer warf ich mich zunächst auf mein Bett und konnte kaum mehr aufhören zu weinen. Ich traute mich kaum, einen Blick auf das große Poster von Ronaldo Carrera über meinem Sidebord zu werfen. Ich wollte es gar nicht sehen, denn das war nicht Ronnie, wie ich ihn kannte. Das war nicht *mein* Ronnie!

Rechtzeitig um 10.11 Uhr war ich zurück bei Bernd. Ich sah ihm an, wie erleichtert er war. Und ja, auch mir war ein Stein von der Seele gefallen, weil letztendlich alles gut und problemlos gelaufen war und ich pünktlich wieder zur Stelle sein konnte.

Aber ich konnte den *Timeflyer* nicht schnell genug von meinem Handgelenk entfernen, ich zitterte dabei. Nun mußte ihn Bernd so schnell wie möglich wieder zurückzubringen, zu Frau Wieland in den Tresor, wo er hingehörte. Dann erst wäre alles wieder gut und in Ordnung. Für Bernd jedenfalls, - aber nicht für mich. Denn ich hatte die Liebe meines Lebens verloren, und ich wußte noch nicht, wie ich damit fertigwerden sollte.“

Bernd ließ seine Hand mit dem Blatt sinken, lehnte sich zurück und schloss einen Moment lang die Augen. Das war sie also, Caro's Geschichte, die sie ihm so lange verschwiegen hatte. Jetzt wußte er den Grund: Sie hatte die große Liebe gefunden und gleich wieder verloren, und er konnte nachvollziehen, wie schmerzvoll das für sie gewesen sein mußte. Gleichzeitig tat es ihm weh, von diesem anderen Mann zu wissen, dass seinetwegen ihr Herz nicht mehr frei war. Was nützte es, dass es diesen Mann, so, wie sie sich in ihn verliebt hatte, heute nicht mehr gab. Es gab ihn noch immer, - als Berühmtheit, als Star, und zwar hier in Berlin. Was würde Caro tun? Würde sie sich ihm zu erkennen geben?

Gerade überlegte er, ob er sie gleich anrufen, oder lieber warten sollte, bis sie sich bei ihm meldete, da bemerkte er, dass es nicht mehr nur ein Blatt war, das er in der Hand hielt, - da gab es noch ein weiteres. Auch das war ein Brief von Hand geschrieben, ähnlich dem, den er zu Beginn ihres Berichtes vorgefunden hatte.

Berlin, im August 2008

Hallo Bernd, da bin ich noch einmal.

Jetzt kennst du meine Geschichte, die ich dir schon viel früher hätte erzählen sollen. Vielleicht hätte ich uns beiden dadurch viel Kummer erspart. Jetzt kann ich nur hoffen, dass du mich verstehst, dass du mir gar verzeihen kannst. Nein, nicht den Vertrauensbruch, den ich begangen habe, als ich den Timeflyer für meine Zwecke benutzt habe, - der ist schwer zu verzeihen, und ich weiß nicht, wie ich das jemals wiedergutmachen kann. Aber vielleicht verzeihst du mir, dass ich mich anschließend dir gegenüber so unmöglich benommen habe. Ohne Grund habe ich dich für all den Schmerz verantwortlich gemacht, jede Begegnung mit dir hat mir vor Augen geführt, was ich erlebt und verloren habe, - nur, weil du mir den Timeflyer überlassen hast. Und als ich dann festgestellt hatte, dass ich schwanger war, glaubte ich zeitweise sogar, dich hassen zu müssen. Dabei hast nicht du das Chaos in mein Leben gebracht, sondern ich selbst. Es war nicht das Schlimmste, dass ich mir in diesen drei Minuten vorgestellt habe, was ich mit dem Timeflyer alles machen könnte, - viel schlimmer war es, dass ich diesen Vorstellungen und Wünschen nachgegeben habe, ohne darüber nachzudenken, und dass ich nicht fähig war, zu widerstehen.

Natürlich ist meine Liebe zu Ronnie noch zu neu, zu frisch, zu gegenwärtig…, als dass ich sie so schnell vergessen könnte, und durch den kleinen Finn werde ich jeden Tag an ihn denken. Doch für ihn sind seit unserer Begegnung 25 Jahre vergangen, und das ist eine lange Zeit. Sein ganzes Leben hat sich seit damals verändert, - und damit auch er selbst.

Du hast mir gesagt, dass du mich liebst, hast mir sogar angeboten, mich zu heiraten, um dich um mich kümmern zu können und Finn ein guter Vater zu sein. Der Entschluss ist dir ganz sicher nicht leichtgefallen, und ich denke, es wäre unfair von mir, nicht anzuerkennen, was das für dich bedeuten würde. Doch vielleicht könnte ich dir trotz allem etwas zurückgeben, indem ich dir meine Freundschaft anbiete. Eine andere, tiefere Freundschaft, als die, die uns schon vor dem Timeflyer-Experiment verbunden hat. Eine Freundschaft, die ich in den letzten Monaten, in denen ich mich in meinem Kummer von aller Welt zurückgezogen habe, dringend gebraucht hätte. Ich habe sie zurückgewiesen, obwohl es mir gutgetan hätte, einen Freund zu haben wie dich, mit dem ich über alles hätte reden können.

Deshalb…, solltest du bereit sein, mir zu verzeihen und mir ein solcher Freund zu sein, dann ruf mich bitte an. Ich würde mich sehr darüber freuen.

Caro

Oh ja, ein solcher Freund wollte er ihr sein. Immer schon. Er streckte die Hand nach dem Telefon aus, zog sie dann aber wieder zurück. Nicht, weil er es sich anders überlegt hätte, sondern aus Angst, der Rolle, die sie ihm zugedacht hatte, vielleicht nicht gerecht werden zu können. Was erwartete sie denn von ihm? Freundschaft hatte viele Gesichter, und in ihrem Brief drückte sie sich nur unklar darüber aus, wie sie sich ihre Freundschaft vorstellte. - Doch war das nicht egal? War er nicht zu allem bereit, was sie sich für ihre

Zukunft von ihm erhoffte? Sie bat ihn um einen Anruf, um eine Unterredung, und das war doch schon mal ein Anfang.

Eigentlich hatte er vorgehabt, an diesem Abend noch einmal kurz bei Lukas vorbeizuschauen, sein Geburtstagsfest mit ihm zusammen ausklingen zu lassen, doch nun war ihm nicht mehr danach zumute. Er mußte mit Caro reden, so schnell wie möglich.

Es läutete ein paarmal, bevor Caro den Hörer abnahm.

„Ja?", fragte sie.

Im ersten Augenblick brachte er kein Wort heraus, dann fing er sich wieder. „Caro? - Ich bin's. Bernd."

„Ich habe mir's gedacht, dass du anrufen wirst. Das heißt, ich habe es gehofft."

„Das war doch selbstverständlich, Caro."

„Kannst du mir verzeihen? Ich meine, dass ich dich so unfreundlich behandelt habe in den letzten Wochen und Monaten?- Kannst du mir *das* verzeihen?"

Er mußte lächeln. „Ich kann dir alles verzeihen, Caro, das weißt du doch. Auch die Sache mit dem *Timeflyer*, - obwohl du mir damit ziemlich viel Kummer gemacht hast. Aber zum Glück ist ja alles gutgegangen. Und Frau Wieland hat auch nicht bemerkt, dass er für kurze Zeit weg war."

„Du glaubst also, dass wir jetzt, - auch, da du weißt, dass ich Ronnie nicht einfach so vergessen kann, - dass wir trotzdem gute Freunde werden können? Ich meine, richtige und bessere Freunde, als je zuvor?"

„Aber ja."

„Hast du Lust, uns am Sonntag zu besuchen? Dann

könnten wir noch mal über alles reden."

„Natürlich komme ich. Ich freu mich doch, wenn ich irgendetwas für dich tun kann."

„Ich freu mich auch, Bernd."

12.

25 Jahre - Eine lange Zeit

Carolin nahm den kleinen Finn aus den Armen ihrer Mutter entgegen. Er schlief noch, und behutsam, um ihn nicht zu wecken, bettete sie ihn in den bereitstehenden Kinderwagen.

„Bernd wird uns am Sonntag besuchen kommen", sagte sie nebenbei.

Margit Westermann schaute erstaunt auf, dann ging ein Lächeln über ihr Gesicht. „Wirklich? Hast du mit ihm gesprochen?"

„Ja, wir haben telefoniert."

Ihre Mutter legte ihr die Hand auf die Schulter. „Du glaubst nicht, wie glücklich ich bin, dass du dich endlich durchgerungen hast, mit ihm zu reden. Er ist ein guter Junge. Ich weiß nicht, was letztes Jahr zwischen euch gewesen ist, aber so wie ich die Sache sehe, hat er es nicht verdient, dass du ihn so schlecht behandelt hast."

Auch Carolin mußte lächeln, sie wußte, dass ihre Mutter Bernd lange Zeit für Finns Vater gehalten hatte, und dass sie sehr enttäuscht gewesen war, als sie akzeptieren mußte, dass er es *nicht* war. Es würde sie beruhigen, wenn sie ihn in Zukunft an der Seite ihrer Tochter und ihres Enkelkindes wüsste, auch, wenn es ihr Sorgen bereitete, nicht genau zu wissen, was wirklich geschehen war. Doch jetzt, wo es aussah, als hätte Caro endlich beschlossen, die Vergangenheit abzuschließen und ein neues Kapitel ihrer Lebensgeschichte aufzuschlagen, würde wieder Ruhe und Harmonie in die Familie einkehren.

Caro sah das ein wenig anders. Noch war nicht sicher, in welche Richtung ihr neues Leben nun gehen würde, - trotz ihres Friedensangebotes an Bernd. Noch wollte sie sich nicht festlegen, wollte keine festen Pläne machen, die sie eventuell nicht einhalten konnte und die vielleicht erneut Enttäuschungen mit sich bringen würden. Es hing von so vielem ab, wie es weiterging. Sie würde den Weg annehmen, den das Schicksal für sie bereithielt, sofern er sich gut anfühlte.

„Triffst du dich jetzt mit ihm?", fragte ihre Mutter.

„Nein, jetzt wir haben etwas anderes vor," sagte Caro ohne nähere Erklärung, aber mit einem zärtlichen Blick auf ihren kleinen Sohn.

Margit Westermann registrierte diesen zärtlichen Blick. Es war nicht so, dass sie jemals geglaubt hatte, Caro könnte das Kind nicht genügend lieben, nur, weil ihre Welt zusammengebrochen war, als sie von der Schwangerschaft erfahren hatte. Oh nein, manchmal hatte sie eher Angst gehabt, sie könnte es zu sehr lieben und sich etwas antun, wenn diesem kleinen Wesen etwas zustoßen würde. Inzwischen hatte sie herausgefunden, dass es etwas ganz Besonderes sein mußte, was Caro mit dem Vater des Jungen verband. Doch sie kannte niemanden, der es hätte sein können. Nun war sie froh, dass Bernd wieder in Caros Leben getreten war, und dass sie überhaupt wieder lächeln konnte.

„Bist du zum Abendessen wieder zurück?" fragte sie. Ihr war aufgefallen, dass sich ihre Tochter besonders hübsch gemacht hatte, - so hübsch, wie schon lange nicht mehr, und im Geheimen fürchtete sie schon, es könnte neben Bernd Michaelis vielleicht noch einen Konkurrenten für ihn geben. Sie hatte versucht, dieses Thema anzuschneiden, doch Caro war nicht darauf eingegangen, und darüber schien sie nicht reden zu wollen.

„Das weiß ich noch nicht," beantwortete Caro die Frage ihrer Mutter, küsste sie auf die Wange und sagte: „Mach dir keine Sorgen, Mama, alles wird gut werden." Und für sich selbst fügte sie hinzu: So oder so.

Margit Westermann nickte. Sie wünschte sich, Caro hätte recht, und sie hielt es für ein gutes Zeichen, diese Worte aus ihrem Mund zu hören. Es wurde Zeit, dass auch in ihrem eigenen Inneren wieder Ruhe und Frieden einkehrte, nachdem Caros Schwangerschaft auch zu einer harten Probe für sie geworden war.

„Sei vorsichtig und pass auf euch auf!", rief sie ihrer Tochter nach, als sie bereits ein paar Meter in Richtung der Bushaltestelle am Ende der Straße gelaufen war.

Caro hatte sich zuvor auf dem Stadtplan genau angesehen, wie sie fahren und welche Verkehrsmittel sie benutzen mußte, um dort anzukommen, wo sie ankommen wollte. Sie war nie zuvor in jener Gegend gewesen, dafür hatte es bisher keine Veranlassung gegeben. Sie hoffte nur, dass sie nicht unverrichteter Dinge wieder nach Hause fahren mußte, um es an einem anderen Tag erneut zu versuchen. Aber es wäre unmöglich gewesen, sich telefonisch anzumelden.

Nach etwa einer Stunde, - zuerst mit dem Bus, danach mit der Straßenbahn und schließlich noch einmal ein paar Haltestellen weiter mit einer anderen Buslinie, - schien sie ihr Ziel erreicht zu haben. Der Busfahrer, ein freundlicher älterer Herr, half ihr beim Aussteigen. Er lächelte, als er einen Blick auf das schlafende Kind warf.

„Ich bin extra vorsichtig gefahren, damit er nicht aufwacht", meinte er zwinkernd. „Ist doch ein kleiner Junge, oder? Wie heißt er denn?"

Caro lachte. „Er heißt Finn."

Der Mann nickte anerkennend. „Ganz moderner Name", meinte er. „Mein Junge heißt Walter. Ist jetzt schon über vierzig. Waren halt noch ganz andere Zeiten damals."

Wahrend er wieder einstieg und sich hinter das Lenkrad setzte, tippte er sich freundlich an die Schläfe. „Schönen Nachmittag euch beiden."

Caro nickte ihm lächelnd zu.

Dann stand sie allein auf dem Bürgersteig und schaute sich um. Im Vergleich zu der Gegend, in der sie wohnte und in der sie auch großgeworden war, hatte sich die Umgebung nun sehr verändert. Ihr war, als sei sie in einer ganz anderen Welt, in einer ganz fremden Stadt angekommen. Es gab keine Wohnblocks mehr, die aneinandergereiht waren und einander ähnelten wie ein Ei dem anderen und denen man ansah, dass hinter den endlosen Fensterreihen unzählige Menschen wohnten. Hier gab wunder-schöne gediegene Villen, individuell wie auch wahrscheinlich ihre Bewohner. Manche glichen kleinen Schlösschen, und fast alle waren eingebettet in gepflegte Gärten und viel

Grünes.

Von der Haltestelle aus hatte Caro noch einige hundert Meter zu laufen. Finn schlief noch immer, zärtlich ruhte ihr Blick auf den rosigen Wangen, der kleinen Zunge, die immer wieder suchend aus dem kleinen Mündchen hervorschaute und über die Lippen fuhr. Wovon mochte er träumen, ihr kleiner Liebling?

Sie lief langsamer, achtete auf die Hausnummern und blieb schließlich vor einem hohen schmiedeeisernen Tor stehen. Als ihr Blick durch die Metallstäbe bis hin zur weißen Fassade der Villa glitt, klopfte ihr das Herz bis zum Hals. Sie hatte sich viel vorgenommen, nun hatte sie Angst vor ihrer eigenen Beherztheit. Doch sie wußte, das, was sie sich vorgenommen hatte, war notwendig, wollte sie jemals wieder innerlich zur Ruhe kommen.

Es mußte schön sein, in einem solchen Haus zu wohnen, dachte sie, während ihr Blick auf die Geranienblüten fiel, die wie ein bunter Wasserfall über ein verschnörkeltes Balkongeländer im ersten Stock herabhingen. Doch solche Gedanken währten nur einen kurzen Augenblick lang. Und ohne jede Bitterkeit. Dies hier war nicht ihre Welt, - ihr Leben war von jeher ein ganz anderes gewesen. Ein einfaches, aber doch schönes Leben, in dem es ihr im Grunde an nichts gefehlt hatte. Inzwischen freute sie sich sogar schon wieder auf den Drogerie-Laden, in dem sie einst ihre Ausbildung abgeschlossen hatte und in den sie in Kürze wieder zurückkehren würde. Sie freute sich auf die Kolleginnen und die Auseinandersetzungen mit der Chefin, - sogar auf die kleinen Kabbeleien mit Pascal. Und darauf, dass vielleicht sogar die eine oder andere der Kundinnen bereits auf sie wartete. Ihr Leben würde wieder in normalen Bahnen verlaufen, und sie wußte, dass ihr kleiner Finn während dieser Zeit bei ihrer Mutter gut aufgehoben war.

Sie blieb einige Minuten vor dem Tor stehen. Es gab keinen Hinweis darauf, wer in dieser Villa wohnte, denn weder auf dem Briefkasten, der an einem der Steinpfosten neben dem Tor angebracht war, noch am Klingelknopf daneben gab es ein Namensschild. Die Bewohner schienen großen Wert darauf zu legen, unerkannt zu bleiben. Deshalb wunderte es sie auch, dass das Tor nicht verschlossen war und mit leisem Quietschen aufsprang, als sie die Klinke hinunterdrückte. Erschrocken hielt sie inne und schaute zum Haus hinüber, behielt einen Moment lang den Haupteingang im Auge, der am Ende eines von Blumenbeeten gesäumten Kieswegs an der Seitenfront des Gebäudes lag. Doch keiner der Bewohner schien etwas gehört zu haben, niemand war zu sehen.

Sie wurde mutiger, betrat den Garten und lief bis zum Eingang vor. Der Kies knirschte leise unter den Rädern des Kinderwagens.

Zwischen einem Oleander und dem Windschutz neben der Haustüre stand eine Bank, davor ein Dreirad und ein einfacher Puppenwagen aus Korbgeflecht. Der Puppe darin fehlte ein Auge.

Caro mußte lächeln. Wo Kinder spielten konnte so manches in die Brüche gehen. Und wenn sich ein hübsches Puppenmädchen mit nur einem Auge zufrieden geben mußte, war es schließlich gleichgültig, ob es in einer Villa oder in einem Wohnblock zu Hause war.

Da Finn immer noch schlief, stellte Caro den Kinderwagen hinter dem Wetterschutz ab. Sie atmete noch einmal tief, dann setzte sie einen Fuß auf die Stufe und streckte den Arm nach dem Klingelknopf neben der Haustüre aus. Gleichzeitig trat sie aber schnell wieder einen Schritt zurück, um für genügend Abstand zu sorgen.

Kaum hörte sie schnelle Schritte im Haus, als auch schon die Tür geöffnet wurde und eine junge Frau, nur wenige Jahre älter, als sie selbst, vor ihr stand: Blond und sehr hübsch, in einem hellblauen Sommerkleid.

„Ja bitte?", fragte sie.

Caro schluckte. „Ich…" Obwohl sie sich immer und immer wieder zurechtgelegt hatte, was sie hatte sagen wollen, - im einen, wie auch im anderen Fall, - schnürte es ihr nun die Kehle zu.

„Ich bin… Caro Westermann", sagte sie dann.

Die junge Frau schaute sie fragend an. „Ja?" - Doch plötzlich lächelte sie. „Caro?", fragte sie, „Sie sind Caro?" Und bevor sich ihre Besucherin gefangen hatte, öffnete sie die Tür ein Stück weiter und bat: „Kommen Sie doch herein, Caro. Ich habe schon so viel von Ihnen gehört. Ronnie war sich ganz sicher, dass Sie kommen würden. Nur leider ist er im Augenblick noch nicht da."

Caro rührte sich nicht von der Stelle, sie glaubte, die junge Frau könnte sie mit jemandem verwechseln. „Sie kennen mich?", fragte sie unsicher.

„Aber ja. - Natürlich nicht persönlich." Sie lachte. „Aber Ronnie hat mir von Ihnen erzählt. Er hat mit Ihnen gerechnet, seit ihm vor einigen Wochen jemand begegnet ist, der ihm ihr Kommen angekündigt hat. - Aber kommen Sie doch herein. Und wir können doch auch du zueinander sagen, oder nicht? Ich bin Suzanna." Sie streckte Caro die Hand entgegen, dann lachte sie wieder. „Sie sind also…, ich meine, du bist also die kleine Caro aus der Eppendorfer Nachbarschaft? Ronnie hat immer gesagt: ‚Ich bin gespannt, wie sie jetzt aussieht, hoffentlich erkenne ich sie überhaupt noch'."

Caro war vollkommen verwirrt, unzählige Gedanken gingen ihr durch den Kopf. Ja, sie hatten davon gesprochen, dass sie ihn vielleicht besuchen würde, später, in ihrer Zeit. Und natürlich war es ernst gemeint gewesen, damals. Sie hatten es beide ernst gemeint, ohne aber eine Vorstellung davon zu haben, wie und ob das überhaupt möglich sein konnte. Wie oft hatte sie sich in den letzten Wochen gefragt, ob er immer noch daran dachte und immer noch darauf hoffte, sie wiederzusehen. Immerhin war für ihn eine unendlich lange Zeit vergangen seit 1982. Mehr als ein Vierteljahrhundert. Und er wußte ja auch noch nichts von Finn. Und nun hatte er sogar seiner Frau von ihr erzählt. Was hatte das zu bedeuten?

Langsam folgte sie Suzanna einen Schritt über die Schwelle, doch dann blieb sie stehen. „Einen Augenblick" sagte sie, „ich bin nicht alleine…"

„Nicht? Wen hast du denn mitgebracht?" Die junge Frau schaute sich vor der Haustüre um. Sie sah den Kinderwagen stehen, und Caro erklärte ihr: „Das ist mein kleiner Sohn Finn."

Suzanna schlug die Hände zusammen. „Oh mein Gott, du hast auch ein Baby? Einen kleinen Jungen? Wie alt ist er denn?" Sie beugte sich über das immer noch schlafende Kind. „Was für ein hübscher kleiner

Kerl." Und dann fuhr sie fort: „Unsere Melanie ist jetzt drei, das Au-pair-Mädchen ist gerade auf dem Weg zum Kindergarten, um sie abzuholen. Sie müssten jeden Augenblick hier sein."

Caro fühlte sich ein wenig hilflos, sie wußte nicht recht, wie sie sich verhalten sollte. Sie dachte, dass es wahrscheinlich das Beste wäre, wenn sie noch einmal wiederkäme, später, wenn auch Ronnie zu Hause war. „Ich glaube, ich sollte gehen und…"

Suzanna hörte nicht auf sie. „Man kann doch sicher das Oberteil vom Wagen abnehmen, oder nicht? Komm, ich helfe dir, wir tragen es rein."

„Ja, schon, aber…"

„Nichts aber. Wir können ihn doch nicht hier draußen stehenlassen, den kleinen Mann."

„Vielleicht sollte ich besser ein anderes Mal wiederkommen."

„Nein, nein, jetzt bist du schon mal hier. Ronnie wäre böse mit mir, wenn ich dich wieder gehen ließe."

Gemeinsam trugen sie das Oberteil vom Kinderwagen ins Wohnzimmer und stellten es auf einer Seite der u-förmigen weißen Couch ab. Caro hatte Angst, dass es Flecken darauf hinterlassen könnte.

„Setz dich doch", sagte Suzanna und bot ihrem Gast Platz an. „Darf ich dir etwas zu trinken bringen? Ein Wasser, oder eine Limonade? - Da wird der Ronnie aber staunen, weil du inzwischen auch schon Mama geworden bist."

Caro setzte sich, obwohl sie sich in dieser Situation nicht sonderlich wohlfühlte. Sie hatte sich das Treffen ganz anders vorgestellt. Weder hatte sie damit gerechnet, dass Ronnie nicht zu Hause war, noch dass ihr seine Frau die Tür öffnen und sie wie eine alte Freundin behandeln würde. Was wußte sie über sie? Was hatte ihr Ronnie erzählt?

Während Suzanna den Raum verließ, um nun doch etwas zu trinken zu holen, sah sich Caro in dem großen eleganten Wohnzimmer um. Die Möbel waren weiß, wie auch der Flügel, der vor einem Fenster stand, durch das man in einen großen gepflegten Garten voller bunter Sommerblumen schaute.

‚Das also ist seine Welt‘, dachte sie. Seine *jetzige* Welt, die ganz anders war, als sein kleines gemütliches Zimmer, damals im Haus seiner Eltern. Inzwischen war er ein Star, den man nicht nur in Deutschland kannte, der sich jeden Luxus leisten konnte. Auch einen solchen Flügel. Ob er wohl täglich darauf spielte? Oder nur, wenn er sich für seine Konzerte vorbereitete?

Sie schaute Suzanna entgegen, die mit Gläsern und einem Krug Limonade zurückkam. Sie mochte nur wenige Jahre älter sein, als sie selbst, mutmaßte sie. Und wenn ihre kleine Tochter jetzt drei war, hatte Ronnie sie möglicherweise erst vor vier oder etwa fünf Jahren kennengelernt. Ob er vorher schon einmal verheiratet gewesen war?

Suzanna stellte die Limonade auf den Tisch, schenkte jedem ein Glas voll ein und setzte sich zu ihr.

„Nun erzähl mal, was hast du in den letzten Jahren gemacht? Seit wann bist du denn verheiratet? Ronnie und ich haben erst geheiratet, als ich schwanger war.“ Sie lachte. „Eigentlich wollten wir gar nicht heiraten, aber als dann unsere Mellie unterwegs war, sollte doch alles seine Ordnung haben.“

In diesem Augenblick hörte man Stimmen vor dem

Haus, es polterte an der Haustüre, und dann öffnete sie sich und ein Kind rief: „Mami, wir haben heute eine Burg geb…"

Das kleine Mädchen, das hereingehopst kam, hielt mitten im Satz inne und schaute Caro neugierig an.

Suzanne ging zu ihm hin, küsste es und nahm es an die Hand. „Wir haben Besuch, Melanie. Das ist Caro. Als sie noch klein war, hat sie im Haus neben dem von Opa und Oma in Eppendorf gewohnt. Und sieh mal, wen sie mitgebracht hat." Beide standen nun vor dem Babyaufsatz und schauten Finn zu, wie er blinzelnd die Augen öffnete, gähnte und mit weinerlicher Miene auf die fremden Gesichter reagierte.

Melanie war ganz begeistert von dem kleinen Gast. Sie versuchte, ihn an den Händen zu packen und seine Wange zu streicheln, wie das kleine Mädchen so gern tun, wenn sie in einem Baby so etwas wie eine lebendige Puppe sehen, mit der sie gern spielen möchten.

„Vorsichtig, Melanie. Er ist noch so klein", ermahnte Suzanna sie und zog sie ein wenig zur Seite. Dann machte sie dem jungen Mädchen, das mit Melanie hereingekommen und etwas abseits stehengeblieben war, ein Zeichen. „Danke, Rhea. Am besten gehst du mit Melanie noch ein bisschen in den Garten." Und an das Kind gewandt meinte sie: „Ist das in Ordnung, mein Schatz? Vielleicht könnte ihr eine Weile Federball spielen?"

Die Kleine schien abzuwägen, was für sie interessanter sein könnte: Das Baby, das sie möglichst nicht anfassen sollte, oder das Federballspiel. Und schließlich entschied sie sich doch für den Garten.

„Habt ihr auch erst geheiratet, nachdem der Kleine unterwegs war?", wandte sich Suzanna wieder an Caro. Die schüttelte den Kopf. „Nein, ich bin nicht verheiratet."

Suzanna wunderdete sich. „Nicht? Aber ihr werdet das doch nachholen, oder?"

Als Caro die Schultern zuckte, fügte sie hinzu: „Oder… seid ihr gar nicht mehr zusammen?"

Caro wußte nicht, was sie antworten sollte. Es gefiel ihr nicht, dass Suzanna versuchte, alles über sie zu erfahren, noch bevor sie die Chance hatte, mit Ronnie zu reden.

Doch plötzlich schien Suzanna nicht mehr an der Antwort interessiert zu sein, denn draußen hörte man den Kies knirschen, als ein Auto die Auffahrt heraufgefahren kam. Sie war aufgesprungen, und als man eine Autotür klappen hörte, rief sie: „Ronnie ist da!", und dann stürmte sie zur Haustür und riss sie auf. „Ronnie, du glaubst nicht, wer heute gekommen ist…", rief sie ihm entgegen. „Stell dir vor, die Caro ist da."

Caro hatte das Gefühl, ihr würde das Herz stehenbleiben, um im nächsten Augenblick dann so heftig zu schlagen, dass sie glaubte, es müsse zerspringen. Sie hörte nicht, was er antwortete, und von ihrem Platz aus konnte sie ihn auch nicht sehen, aber die Angst vor dem nächsten Augenblick schnürte ihr fast die Kehle zu.

Und dann kam er herein. Nur ganz langsam, Schritt für Schritt. Mit Suzanna, die an seinem Arm hing.

Caro konnte den Blick, mit dem er ihr entgegenschaute, nicht deuten, deshalb wußte sie nicht, wie sie sich verhalten sollte. Sollte sie aufstehen und ihm entgegengehen? Oder einfach sitzenbleiben und abwarten, was *er* als Nächstes tat?

„Sieh doch, da ist Caro", meine Suzanna mit einem Lächeln, „sie ist tatsächlich gekommen… Erkennst du sie wieder?"

Caro war nun doch aufgestanden, sie war aber unfähig, einen einzigen Ton zu sagen oder einen einzigen Schritt auf ihn zuzugehen. Sie schluckte und wußte nicht, wie sie ihr pochendes Herz besänftigen sollte.

Da stand er nun vor ihr, der große Ronaldo Carrera, so wie sie ihn von der Bühne, von seinem Konzert her kannte. Natürlich trug er keinen Frack, sondern eine ganz gewöhnliche Jeans zu einem dunkelblauen Hemd, an dem er die Ärmel aufgekrempelt hatte… Doch seine blonde Mähne und die blauen Augen ließen keinen Zweifel daran, dass er es wirklich und wahrhaftig war.

Diese Augen! Es waren dieselben blauen Augen, die sie so fasziniert hatten, damals in Eppendorf. Und dennoch… Nicht nur die kleinen Fältchen drum herum hatten sie verändert, nicht nur die ein wenig volleren Wangen, der etwas strengere Mund oder die ersten angedeuteten Falten auf seiner Stirn… Es war ein anderer Ronnie. Er war nicht mehr derselbe, den sie so sehr geliebt hatte. Diese Erkenntnis traf sie wie ein Schlag, und sie tat weh. Sie machte es aber auch ein wenig leichter für sie. Sie streckte ihm die Hand entgegen. „Hallo, Ronnie", sagte sie leise. Ihre Stimmer zitterte ein wenig.

Er nahm ihre Hand. Noch immer verwirrt tastete sich sein Blick über ihr Gesicht. Sie hatte bemerkt, dass er um einige Nuancen blasser geworden war. „Hallo Caro."

„Hättest du sie erkannt?", fuhr Suzanna neugierig dazwischen, „hat sie sich sehr verändert?"

Ronnie lächelte. „Natürlich hat sie sich verändert", meinte er leise, obwohl Caro wußte, dass das so gut wie unmöglich war. Sie war immer noch fast dieselbe wie damals, als sie sich in 1982 begegnet waren. Dennoch war ihr klar, dass auch sie für ihn jetzt eine andere sein mußte, als diejenige, die fünfundzwanzig Jahre lang in seinen Erinnerungen gelebt hatte.

Er ließ ihre Hand nicht los. „Aber trotz allem sehe ich immer noch etwas von der Caro von damals in ihr", sagte er leise lächelnd.

Suzanna schien die Situation äußerst interessant zu finden. Sie konnte ja nicht ahnen, dass es genau diese junge Frau war, - so, wie sie jetzt vor ihnen stand, - an die ihr Ronald einst sein Herz verloren hatte. „Obwohl sie noch ein kleines Mädchen war, als du sie das letzte Mal gesehen hast?" fragte sie.

Er nickte. „Manche Menschen verändern sich nicht ganz und gar, selbst nach vielen Jahren nicht", sagte er. Es fiel ihm schwer, seine blauen Augen von Caro abzuwenden und ihre Hand loszulassen.

„Und stell dir vor, sie hat inzwischen selbst ein Baby", sagte Suzanna und wies in Richtung des Wagenaufsatzes auf der Couch.

Ronnie stutzte und sah sich nach dem Kind um, das er bisher gar nicht bewußt wahrgenommen hatte. Erst jetzt schien er zu begreifen, was der Hinweis, den Suzanna in ihrer Arglosigkeit in den Raum geworfen hatte, bedeutete. Was er bedeuten *konnte.* Er war noch blasser geworden, und Caro fragte sich, ob Suzanna das nicht auch bemerkte.

Ronnie trat einen Schritt näher an die Couch heran, sein Blick wechselte nun von Caro zu dem Kind und wieder zurück.

„Aber sie weiß noch nicht, ob sie den Vater heiraten soll oder nicht", erzählte Suzanna weiter. „Du mußt ihr gut zureden, denn es ist einfach das Beste für ein Kind, wenn es bei beiden Elternteilen aufwächst. Schließlich waren wir damals in der gleichen Situation, und wir haben es nicht bereut, dass wir eine richtige Familie geworden sind."

Ronnies Atem ging schwer, als er sich umwandte und sich in einen der Sessel setzte. Er mußte sich dazu zwingen, Caro nicht fortwährend anzustarren, und er gab sich Mühe, betont locker mit ihr zu reden. „Dann erzähl doch mal, wie es dir in den letzten Jahren ergangen ist? Wohnst du jetzt auch in Berlin? Und deine Eltern, wie geht es ihnen? Gehört ihnen das Haus in Eppendorf immer noch?"

Caro wußte nicht, was sie darauf antworten sollte, da doch all diese Worte nur dafür bestimmt waren, Suzanna darin zu bestärken, dass er die fremde junge Frau schon als kleines Mädchen gekannt hatte. Wahrscheinlich erwartete sie doch, dass er seinem Gast solche Fragen stellte, und auch, dass Caro ihm die entsprechenden Antworten darauf gab.

Sollte sie sich einfach etwas ausdenken? Eine Geschichte erfinden? Sollte sie das Spiel, das Ronnie begonnen hatte, mitspielen? Suzanna würde nicht herausfinden, dass es nur ein Spiel war.

Immer noch arglos schenkte sie ihrem Gast

Limonade nach und fragte Ronnie, ob er auch etwas davon haben möchte. „Oder ist dir ein Bier lieber?"

„Oh ja, lieber ein Bier… Danke. Du weißt, dass ich das süße Zeug nicht so besonders mag", meinte er, auf den Limonadenkrug weisend.

„Aber ja, das weiß ich", sagte sie, fuhr ihm liebevoll über die Schulter und stand auf, um aus der Küche die Getränke zu holen.

Als sie gegangen war, beugte sich Ronnie ein wenig zu Caro hinüber. „Wir müssen miteinander reden, wie kann ich dich erreichen?" raunte er ihr zu. Doch Caro schwieg. Zwar hatte sie damit gerechnet, dass sie bei ihrem ersten Treffen vielleicht keine Gelegenheit haben würden, allein miteinander zu reden, und für diesen Fall hatte sie ein Zettelchen mit ihrer E-Mail-Adresse in die Tasche ihrer Jeans geschoben, doch das wollte sie ihm später geben, wenn sie nicht damit rechnen mußte, von Suzanna überrascht zu werden. Und das war gut so, denn nach wenigen Augenblicken kam Suzanna schon zurück.

Die Zeit zog sich dahin, sie wollte und wollte nicht vergehen. Doch worüber sollten sie noch reden, in einem Augenblick und in einer Situation, die einfach nicht dafür geeignet war, dass alles zur Sprache kam, was ihnen auf dem Herzen lag? Wäre Suzanna ein wenig sensibler gewesen, vielleicht hätte sie die Spannung gespürt, die in der Luft lag, hätte vielleicht Ronnies Befangenheit bemerkt und auch das vage Gefühl der Angst, das ihn daran hinderte, auch auf Caro so ungezwungen und lässig wie üblicherweise auf Gäste einzugehen.

Auch Caro sah ein, dass es wenig Sinn machte, diesen

Besuch noch länger hinauszuziehen. Nach einer Weile erhob sie sich. „Ich muß jetzt wieder gehen", sagte sie. „Danke, Suzanna, dass du mich so freundlich aufgenommen hast, obwohl du mich gar nicht kanntest."

„Das war doch selbstverständlich. Aber warum mußt du denn schon gehen? Bleib doch noch, euch wird sicher noch viel mehr einfallen, worüber ihr reden und euch austauschen könnt."

Caro warf Ronnie einen schnellen Blick zu. Oh ja, dachte sie, da gäbe es noch so vieles, aber.... „Wir haben noch einen weiten Weg nach Hause," antwortete sie und griff nach dem Babyaufsatz. Und an Suzanna gewandt fragte sie: „Der Wagen steht sicher noch vor dem Haus?"

„Ja, nein... Das mußt du doch nicht alleine machen, Caro. Komm, ich helfe dir."

Inzwischen hatte sich auch Ronnie erhoben, und mit einem kurzen Seitenblick auf Suzanna schlug er Caro vor: „Ich kann euch doch auch nach Hause fahren."

Von dieser Idee war Suzanna sofort begeistert, wie hätte sie ahnen können, was sich da in Wahrheit vor ihren Augen abspielte? Für sie war da nur die junge Frau, die ihrem Mann inzwischen fremd vorkommen mußte, weil sie noch ein kleines Mädchen gewesen war, als sie sich das letzte Mal gesehen hatten, und der er hier nicht länger als eine halbe Stunde gegenübergesessen hatte. Was sie an Erinnerungen ausgetauscht hatten, war in wenigen Worten erledigt gewesen. Suzanna verstand das, die beiden mussten sich erst wieder vertraut werden, sagte sie sich. Da gab es für sie keinen Grund eifersüchtig oder misstrauisch zu sein. Im Gegenteil, sie freute sich, dass sich Ronnie zu diesem Angebot durchgerungen hatte. Eifrig half sie dabei, den Kinderwagen ins Auto zu laden, Melanies ehemaligen Baby-Sitz aus der Garage zu hole, ihn im Auto zu befestigen und den kleinen Finn mit den Gurten zu sichern.

Sie nahm Caro in den Arm und verabschiedete sich von ihr wie von einer alten Freundin. „Du mußt uns unbedingt bald wieder besuchen kommen, und dann bringst du ein bisschen mehr Zeit mit, versprochen? Und wenn du vielleicht schon am Morgen kommen kannst, dann können wir im Garten sitzen und den Kindern beim Spielen zusehen. Ruf mich doch einfach mal an, wann es dir passt. Ronnie soll dir die Telefonnummer geben.“

13.

Die Entscheidung

Als Ronnie das Villenvierteil hinter sich gelassen hatte, fuhr er etwas langsamer und bog irgendwo in eine Nebenstraße ein. Caro hatte vermutet, dass er sich nach einem Café oder einem kleinen Restaurant umsehen würde, damit sie in Ruhe reden und auf ungeklärte Fragen eingehen konnten, doch er hielt vor einem unbedeutenden kleinen Laden, der Schreibwaren verkaufte, den er aber gar nicht wahrnahm. Er blieb im Auto sitzen und schaute sie schweigend an. „Caro, ich weiß nicht, was ich sagen soll…", meinte er nach einer Weile.

Caro nickte, sie traute sich kaum, ihn anzusehen, doch schließlich hob sie doch den Kopf, und ihre Blicke begegneten sich. „Ich auch nicht", sagte sie leise, „ich hätte vielleicht nicht herkommen sollen."

„Es ist gut, dass du gekommen bist, ich hätte sonst keine Ruhe gefunden. Seit dem August 2007 habe ich an nichts anderes mehr gedacht, als daran, dass wir uns möglicherweise bald wiedersehen könnten."

„Ich wußte lange Zeit nicht, ob ich kommen sollte oder nicht… Anfangs ging es mit nicht so gut."

„Das Kind…?"

Sie nickte. „Ja, das Kind."

„Ist es…?"

„Ja, Finn ist unser Kind."

Er fuhr sich mit der Hand über die Augen. „Wie ist das möglich."

Caro mußte lächeln. „So, wie es immer möglich ist, dass ein Kind zur Welt kommt."

„So hat er tatsächlich schon eine Zeitreise hinter sich."

Caro nickte.

„Aber er ist doch gesund, und es geht ihm gut, oder?"

"Ja, er ist gesund." Sie nickte. „Es hat ihm nichts geschadet."

„Sag mir, wenn ich etwas für euch tun kann, Caro. Ich werde immer für euch da sein."

„Das war nicht der Grund, weshalb ich gekommen bin, Ronnie. Ich erwarte nicht von dir, dass du irgendetwas für uns tust. Ich dachte nur, du hast ein Recht darauf, zu erfahren, dass du einen Sohn hast."

„Dafür danke ich dir."

„Außerdem denke ich, dass auch ich selbst keine Ruhe gefunden hätte, wenn ich nicht wenigstens versucht hätte, dich wiederzusehen."

„Wie Suzanna sagte, bist du nicht verheiratet?"

„Nein."

„Dann gibt es also zurzeit keinen Mann in deinem Leben?"

„Es gibt einen guten Freund. Einen sehr guten Freund."

„Der glaubt, es sei sein Kind? Und der dich deshalb heiraten will?"

„Nein, er weiß, dass Finn nicht sein Kind ist, aber er möchte trotzdem, dass wir heiraten. Noch habe ich ihm nicht zugesagt, obwohl ich weiß, dass auch er mich liebt und alles für uns tun würde. Nun wartet er auf meine Entscheidung, doch ich bin mir immer noch nicht schlüssig, ob ich sein Angebot annehmen soll oder nicht...“

Sie schauten einander an. „Wenn es noch eine andere Möglichkeit gäbe“, sagte er leise.

Sie begriff, dass sie noch immer die Caro für ihn zu sein schien, die er damals in Hamburg getroffen hatte, und es bewegte sie, noch so viel Zärtlichkeit in seinem Blick zu sehen. Doch wer war er für sie? Wer war der gutaussehende Mann neben ihr mit der blonden Mähne, die ihm verwegen in die Stirn hing? Der ältere Herr mit den Fältchen um die blauen Augen und den etwas tieferen Falten in den Mundwinkeln, über der Nasenwurzel und auf der Stirn? Falten, die fünfundzwanzig Jahre eines bewegten Lebens hinterlassen hatten? Der berühmte Klavier-Virtuose Ronaldo Carrera, wie ihn jeder kannte...

Sie mußte lächeln, wenn sie an die Geschichte dachte, die er ihr damals bezüglich seines Namens erzählt hatte. „Der große Ronaldo Carrera“, sagte sie. „Jetzt weißt du, woher ich deinen Namen kannte.“

Auch er mußte lachen. „Ich glaube, letztendlich bist du daran schuld, dass ich mich für ihn entschieden habe.“

„Eigentlich mochtest du den Namen doch gar nicht.“

Er nickte. „Aber als es darum ging, mich für einen Künstlernamen zu entscheiden, fiel mir die Szene im *Bajazzo* wieder ein. Und ich dachte, warum nicht? Schließlich klang es gut, und niemand würde erfahren, dass man mich schon als kleinen Jungen eine Zeitlang so genannt hatte.“

Er berührte ihre Wange. „Du hast damals schon gewußt, dass ich einmal der sein würde, der ich heute bin, stimmt's?"

„Natürlich." Sie lächelte. „Ich kannte dich von deinen Konzerten und von dem Poster in meinem Zimmer. Eigentlich war es Zufall, dass meine Wahl auf dich gefallen ist, als es darum ging, jemanden zu finden, den ich in der Vergangenheit besuchen und kennenlernen konnte. Ich hatte mich nur ein wenig verrechnet, weil ich dein genaues Alter nicht gekannt hatte."

„Das war unser Glück."

„Glaubst du, dass es unser Glück war?" fragte sie traurig.

„Ich denke schon. Wir hatten eine zwar kurze, aber doch wunderschöne Zeit zusammen. Ich bin nie wieder mit jemandem so glücklich gewesen, wie damals mit dir."

„Und Suzanna?"

Er legte die Arme über das Lenkrad und seufzte. „Du hast sie kennengelernt, sie ist ganz anders, als du."

„Aber sie ist nett. Und du liebst sie doch...?"

Er hob die Schultern. „Irgendwie schon, ja. Sie ist ein netter Kerl, man kann gut mir ihr auskommen."

„Warst du vorher schon einmal verheiratet? Es klang so, als wäret ihr noch nicht sehr lange zusammen."

„Wir kennen uns jetzt...", er überlegte kurz, „...etwas über fünf Jahre", sagte er. „Aber wir hätten wohl nicht geheiratet, wenn sie nicht schwanger geworden wäre."

„Und vorher warst du nie verheiratet?", wiederholte sie ihre Frage.

„Nein, ich wollte auch nie heiraten. Keine meiner Beziehung ging so tief, dass ich sie nach einer gewissen Zeit nicht hätte beenden wollen. Ich habe keine der Frauen so nah an mich herangelassen, dass ich mich wirklich in sie verliebt hätte".

Caro sah ihn erschrocken an. „Aber doch nicht..."

„Ich weiß nicht, ob deinetwegen oder aus einem anderen Grund. Vielleicht unbewusst, weil ich dich nie ganz vergessen konnte. Obwohl..., es gab auch Zeiten, in denen ich das Gefühl hatte, als hätte ich mich in bezug auf dich vielleicht in etwas hineingesteigert. Als hätte ich mich in etwas verrannt, um eine schöne Erinnerung zu idealisieren..."

„Damit hattest du sicher recht..."

Er schüttelte den Kopf und griff nach ihrer Hand. „Nein. Bis heute hätte ich dem vielleicht zugestimmt. Aber jetzt, wo ich dich wiedergesehen habe... Caro, ich liebe dich immer noch. Und jetzt weiß ich, dass ich eigentlich nie wirklich aufgehört habe, dich zu lieben."

„Das darfst du nicht sagen, Ronnie, rede dir das nicht ein. Stattdessen solltest du glücklich sein mit Suzanna. Du sagst selbst, dass sie ein lieber Kerl ist, und dass ihr zusammen ein schönes Leben habt. Und ihr habt die kleine Melanie..."

„Ich habe nun aber auch den kleinen Finn." Er sah sich nach dem Kindersitz um, in dem der Kleine saß und mit einem mit klappernden Steinchen gefüllten Plastikfisch spielte.

„Ich werde dafür sorgen, dass du ihn hin und wieder sehen kannst, auch ohne Suzanna sagen zu müssen, wer er ist. Sie war so begeistert von der Idee, mich, das kleine Mädchen aus deiner ehemaligen Nachbarschaft in euren Freundeskreis aufzunehmen, sie wird sich darüber freuen, wenn wir uns in Zukunft ab und zu sehen."

"Zukunft." Er seufzte. „Wie wird deine Zukunft aussehen?"

„Mir wird es gut gehen, Ronnie. So oder so. Ich werde wieder in der Drogerie arbeiten, meine Mutter wird sich währenddessen um Finn kümmern, und…"

„Was ist das für ein Mann, dieser Freund, der dich heiraten will? Wirst du es gut bei ihm haben? Werdet *ihr beide* es gut bei ihm haben?"

„Ja, Ronnie, wir sind Freunde, fast schon solange ich denken kann. Er ist übrigens derjenige, der es damals möglich gemacht hat, dass ich den *Timeflyer* ausprobieren konnte. Obwohl…, er macht sich heute noch Vorwürfe deshalb." Und leise fügte sie hinzu: „Vielleicht wäre es wirklich besser gewesen, er hätte ihn mir nicht gegeben."

„Sag das nicht. Dann hätten wir uns nie getroffen und so viele schöne und glückliche Stunden in unserem Leben hätte es nie gegeben." Er starrte vor sich auf die Straße. „Aber…, was wäre, wenn ich mich von Suzanna trennen würde?" Das war eine Frage, die er sich in diesem Augenblick selbst stellte. Aber Caro war erschrocken und schüttelte heftig den Kopf. „Nein, das darfst du nicht."

„Wir könnten wieder so glücklich sein, so wie damals."

„Nein, Ronnie, das könnten wir nicht. Das würde nicht funktionieren. Überleg doch mal! Seit damals sind fünfundzwanzig Jahre vergangen, es wäre unmöglich für uns, an die Zeit von damals anzuknüpfen. Auch wenn du daran glaubst, weil ich immer noch genauso aussehe, wie du mich über all die Jahre in Erinnerung behalten hast. Aber diese fünfundzwanzig Jahre haben vor allem *dich* sehr verändert, haben dich zu einem ganz anderen Menschen gemacht."

„Der dich aber immer noch liebt."

Sie legte ihre Hand auf seinen Arm und schüttelte den Kopf. „Ich passe nicht in dein jetziges Leben. Und du würdest nicht in meines passen. Ich glaube nicht, dass ich an deiner Seite glücklich werden könnte, Ronnie."

„Willst du damit sagen…, dass du mich nicht mehr liebst, obwohl es für dich doch nur knapp zwei Jahre her sein können…?"

„Du bist jetzt ein anderer. Du bis der große umschwärmte Klavier-Virtuose Ronaldo Carrera, den alle Welt kennt und verehrt. Und das schon seit vielen Jahren." Und leise fügte sie hinzu: „Du bist nicht mehr der unbeschwerte Student, der du damals warst, der Junge, mit dem ich geträumt und die große Liebe entdeckt habe… Diesen Ronnie gibt es nicht mehr."

„Und du glaubst nicht, dass du einen Teil von ihm wiederfinden würdest, wenn wir uns füreinander entscheiden würden? Hier und jetzt?"

Sie schüttelte den Kopf. „Nur ein Teil würde nicht reichen. Vielleicht würde es für kurze Zeit gutgehen, wenn wir es ernsthaft versuchen würden. Aber eines Tages würde uns bewußt werden, dass wir uns nur etwas vorgemacht haben. Wir können nicht zurückholen, was längst vorbei ist. Laß uns das Beste daraus machen, bevor wir zuviel um uns herum zerstören. Bevor wir auch noch andere Menschen, die wir doch eigentlich gernhaben, unglücklich machen.“

Er lehnte den Kopf zurück und schloss einen Moment lang die Augen. „Vielleicht hast du recht. Aber ich möchte dich keinesfalls wieder verlieren. Ich möchte meinen Sohn nicht verlieren. Wenn ich schon nicht die Chance habe, ihn bei mir zu haben und mich öffentlich zu ihm zu bekennen, dann gib mir die Möglichkeit, dass ich trotzdem so viel wie möglich für ihn tun kann.“

„Du könntest…“, Caro lächelte, „wie wär’s, wenn du… sein Patenonkel werden würdest?“

Auch Ronnie mußte lächeln. „Das ist eine gute Idee. Dann würde niemand Anstoß daran nehmen, wenn ich mich um ihn kümmere.“

„Man würde sich nur wundern, wie Finn zu einem so berühmten Patenonkel kommt. Die Geschichte vom kleinen Nachbarmädchen kennt ja niemand.“

„Was andere denken, kann uns egal sein. Suzanna würde diese Entscheidung gefallen, und dein Freund, - wie heißt er eigentlich?“

„Er heißt Bernd.“

„Und Bernd kennt ja die wahre Geschichte auch. Er wird mich sicher verstehen.“

„Ja, er ist ein großartiger Mensch, du wirst ihn mögen.“

„Du wirst also zustimmen, wenn er dich fragt, ob du ihn heiraten willst?“

„Ich denke, das ist das Beste, was ich tun kann. Das Beste für uns alle.“

„Caro…?“

„Ja? Da gibt es noch etwas, worum ich dich bitten möchte.“

„Ja?"

Voller Zärtlichkeit schaute er sie an. „Darf ich dich noch einmal küssen?"

„Ich weiß nicht, ob das eine so gute Idee ist, Ronnie."

„Bitte, Caro, nur ein einziges Mal."

Sie hielt den Atem an, dann beugte sie sich zu ihm hinüber und küsste ihn flüchtig auf den Mund.

„Nicht so", sagte er traurig und enttäuscht.

„Ronnie…" Ihr Herz begann heftig zu klopfen, obwohl sie wußte, dass keiner seiner Küsse jemals wieder so sein würde wie damals. Sie rührte sich nicht, als sie sah, dass sein Gesicht dem ihren immer näher kam. Sie schloss die Augen, und als sie seine Lippen auf ihrem Mund spürte, die Zärtlichkeit, aber auch die Bestimmtheit, mit der er ihre Antwort forderte, war ihr als verlöre sie den Boden unter den Füßen, als gerate sie in einen Zeitstrudel, der sie durch fünfundzwanzig Jahre katapultierte, aus dem es kein Zurück mehr gab…

Als er sich langsam von ihr löste, öffnete sie die Augen. Es war Ronaldo Carrera, der zärtlich ihr Gesicht umfasste, Ronaldo mit den Fältchen in den Augenwinkeln und auf der Stirn. Es war nicht Ronnie, nicht *ihr* Ronnie, den sie so sehr vermisste. Den hatte sie für immer verloren. Tränen traten ihr in die Augen.

Er versuchte behutsam, ihr die Tränen wegzuwischen. „Sag mir, wenn du jemals deine Meinung ändern solltest."

Sie schüttelte den Kopf. „Fahr mich nach Hause, Ronnie."

Er nickte. „Ich würde Bernd gern kennenlernen. Ist das möglich?"

„Ja, natürlich. Aber nicht jetzt, nicht heute. Ich muß

zuerst mit ihm reden. Er weiß noch nicht, wie ich mich entschieden habe."

Margit Westermann stand mit einer Nachbarin vor dem Haus, als der fremde elegante Mercedes einige Meter entfernt vorfuhr. Sie wunderte sich, als Carolin ausstieg, als der Fahrer den Kofferraum öffnete und den Kinderwagen herausnahm. Sie hätte gern gewußt, wer dieser Mann war. Und obwohl er ihr irgendwie bekannt vorkam, hätte sie nicht sagen können, wo sie ihn schon einmal gesehen hatte. Sie ärgerte sich, dass Caro ihn ihr nicht vorstellte, doch sie waren zu weit entfernt, als dass sie sich getraut hätte, einfach hinzugehen, um ihm zu sagen, dass sie Caros Mutter sei. Gespannt beobachtete sie ihre Tochter und den Fremden, sah, dass er länger als notwendig ihre Hand hielt, als sie sich verabschiedeten.

„Wer ist denn das?", fragte die Nachbarin neugierig, und es war Margit peinlich, dass sie ihr darauf keine Antwort geben konnte, - sie wußte es doch selbst nicht. Sie wollte Caro aber auch nicht vor der Nachbarin danach fragen, als das fremde Auto fort war und ihre Tochter mit dem Kinderwagen zu ihr herübergefahren kam.

„Wer war denn das? Müsste ich ihn kennen?" fragte sie Caro, als sie das Haus betraten, doch sie antwortete ihr erst, als sie im dritten Stock angekommen und die Wohnungstür hinter sich geschlossen hatten.

„Das war ein Freund", antwortet sie kurz angebunden.

„Seit wann hast du Freunde, die solche Autos fahren?"

„Freunde beurteilt man nicht nach dem Auto, das sie fahren", sagte Caro, und fügte hinzu: „Das war Ronnie, Finns Patenonkel", und damit ließ sie ihre Mutter völlig sprachlos stehen.

14.

Freunde

Es war eine ganz andere Erfahrung, ein ganz anderes Gefühl für Bernd Michaelis, von den Westermanns als Gast erwartet zu werden, anstatt damit rechnen zu müssen, dass man ihn wieder abwies. Caro hatte den Kleinen auf dem Arm, als sie ihm die Tür öffnete, und er konnte sich nicht sattsehen, an den großen blauen Augen, die ihm entgegenschauten.

„Hast du inzwischen schon mit ihm reden können?", fragte er, als sie die Tür hinter ihm schloss. Sie nickte, machte aber ein Zeichen in Richtung Esszimmer, wo ihre Mutter immer noch damit beschäftigt war, den Kaffeetisch hübsch zu decken. Er ging davon aus, dass Caro ihr nicht gesagt hatte, wer Finns Vater war, und dass das möglichst auch so bleien sollte.

„Trinken wir erst mal mit der Oma Kaffee", sagte Caro zu dem kleinen Finn, stellvertretend für ihren Gast, „sie hat sich solche Mühe gegeben. Später können wir immer noch allein ein paar Schritt laufen, dann kann ich dir erzählen, was bei dem Treffen herausgekommen ist."

Bernd nickte.

Tatsächlich hatte Margit Westermann die Tafel so festlich gedeckt, als stünde ein Geburtstag oder Jubiläum an, und er wußte, dass sie das ihm zuliebe gemacht hatte. Gleichzeitig täuschte ihn das aber nicht darüber hinweg, dass immer noch nicht feststand, wie Caro sich entscheiden würde, und die Angst blieb, dass sich letztendlich gar nicht so sehr viel zwischen ihnen ändern würde, wie er erwartete und sich erhoffte.

Für Margit schien die Welt wieder in Ordnung zu sein, jetzt, da Caro mit Bernds Besuchen einverstanden war. Von den Freunden ihrer Tochter waren Bernd und Pascal die einzigen, die sie kannte, - Bernd sogar seit Beginn seiner Schulzeit. Sie hatte ihn schon immer gern gemocht, und ihrer Meinung nach war er der einzige, dem der Platz an Caros Seite zustand. Ein anderer zählt nicht, obwohl ihr gesunder Menschenverstand ihr hätte sagen müssen, dass es ja auch noch Finns Vater gab. Sie konnte sich nicht erklären, wo und bei welcher Gelegenheit sie ihn kennengelernt haben mochte, genauso wenig wie den Mann, den Caro als Finns Patenonkel bezeichnet hatte. Im Allgemeinen hatten sie keine Verbindung zu Leuten mit solchen Autos, doch irgendwoher mußte sie ihn ja kennen, und es erfüllte sie mit Stolz, dass ihre Tochter mit jeder Art von Menschen so gut zurechtkam.

Nach dem Kaffeetrinken, nachdem auch Bernd von Margits gutem Kuchen probiert hatte, machte Caro den Kleinen fürs Spazierenfahren fertig, während Bernd Margit half, das Geschirr in die Küche zu tragen.

„Ich bin so froh, dass alles wieder in Ordnung ist zwischen euch beiden", meinte Margit. „Ich verstehe nur nicht, warum sie während der Schwangerschaft allen Zorn an dir ausgelassen hat. Sie hat dir damit sehr unrecht getan."

Bernd nickte. Aber obwohl er Caro nie Grund dafür gegeben hatte, zornig auf ihn zu sein, verstand er doch, was in ihr vorgegangen war. Und er verzieh ihr, weil er sie liebte. Zu Margit sagte er: „Wie es mit uns weitergehen wird, darüber hat sie noch nicht endgültig entschieden, aber zumindest hat sie mir versprochen, dass wir in Zukunft wieder Freunde sein werden." Er seufzte. „Sie hat mir allerdings *nicht* versprechen können, ob sie nicht doch lieber mit Finns Vater zusammen sein möchte, als mit mir."

Margit fuhr herum, sie machte ein sorgenvolles Gesicht. „Ist sie tatsächlich noch in Kontakt mit ihm? - Wer ist er denn eigentlich? Ich habe überhaupt keine Ahnung…" Und als Bernd die Schultern hob, fügte sie hinzu: „Glaubst du tatsächlich, dass sie sich noch für ihn entscheiden könnte?"

„Das ist durchaus möglich."

„Macht dich das nicht traurig?"

„Doch, schon. Aber ich kann nicht über ihr Leben bestimmen."

„Kennst du ihn?"

„Ja, nein…, eigentlich nicht."

„Was ist er denn für einer? Wenn du irgendetwas über ihn weißt… Bitte, sagt mir, wer er ist."

„Da sollten Sie sie am besten selbst fragen."

„Sie hat mir neun Monate nichts von ihm erzählt…"

Bernd nickte. War es ihm nicht genauso gegangen?

Margit schüttelte den Kopf. „Mit wäre es lieber, ihr beiden würdet wieder zusammenfinden. Ich kenne dich schon so lange, und ich mag dich."

„Ich finde, wir sollten Caros Entscheidung ab-warten."

„Aber sie…" Margit schwieg, weil ihre Tochter hereingekommen war. Doch selbst nachdem Caro und

Bernd mit dem Kleinen längst zu ihrem Spaziergang aufgebrochen waren, rätselte sie noch immer herum, wer Finns Vater sein könnte.

Bernd traute sich nicht, Caro zu fragen, wie sie sich entschieden hatte. Er hatte sich vorgenommen, zu warten, bis sie von sich aus das Thema anschnitt.

„Ronnie und ich, wir werden nur Freunde bleiben, Bernd," sagte sie unvermittelt.

Er atmete befreit auf und schloss eine Sekunde lang die Augen. „Es ist eben doch eine sehr lange Zeit vergangen…", sagte er.

Sie nickte. „Er hat fünfundzwanzig Jahre auf mich gewartet, aber während dieser Zeit hat er sein Leben gelebt, und das ist nicht spurlos an ihm vorübergegangen. Bei mir sind es nicht einmal zwei Jahre her, dass ich ihn verlassen mußte. Doch heute ist er ein ganz anderer, als der, den ich damals zurückgelassen habe, verstehst du? Den Ronnie von damals hab ich geliebt, aber den gibt's nicht mehr. Jetzt und hier ist er wieder der Ronnie, den ich gekannt habe, *bevor* ich nach Hamburg gefahren bin: Ronaldo Carrera. Aber in *den* Ronnie war ich nie verliebt. Damals nicht, und auch heute nicht. Für mich ist es, als hätte ich *meinen* Ronnie von damals durch den Tod verloren, und hier begegne ich nur jemandem, der ihm sehr ähnlichsieht und mich an ihn erinnert. Sein Leben und mein Leben, - die passen nicht zusammen. Die kann man nicht einfach zusammenkitten."

„Ich kann mir vorstellen, dass er darunter leidet, dass jetzt alles anders ist."

Sie nickte. „Ja, das denke ich auch. Er hat mich über

all die Jahre so in Erinnerung gehabt, wie ich damals war. Selbst, wenn er jetzt alleine leben würde, könnte es Schwierigkeiten zwischen uns geben, aber nun kommt noch dazu, dass er schon eine Familie hat. Eine Frau, die ihn wirklich liebt, und eine kleine Tochter. Beide kann er nicht einfach so verlassen, nur weil er hofft, dass sich in seinem zukünftigen Leben alles so fügt, wie er es in den vergangenen fünfundzwanzig Jahren erträumt hat.“

„Wird sie nicht wissen wollen, wer du in Wahrheit bist? Wie ihr euch kennengelernt habt?“

Caro schüttelte den Kopf. „Sie ist ja überzeugt davon, die Wahrheit zu kennen: Ich war das kleine Mädchen aus der Nachbarschaft der Heltaus. Sie darf niemals erfahren, auf welche Weise wir uns getroffen haben, weil sie es nicht verstehen würde. Sie war mir gegenüber so aufgeschlossen, hat mich als Freund der Familie mit offenen Armen aufgenommen. Ich würde nicht wollen, dass er sich meinetwegen von ihr und der kleinen Melanie trennt. Und das würde ihm auch selbst wehtun, denn in gewisser Weise liebt er sie ja auch. “

Bernd schluckte. „Und…, was bedeutet das jetzt für uns, Caro?“

Sie lächelte. „Das bedeutet, dass Finn und ich uns auf jeden Fall schneller an dich gewöhnen können, als an den heutigen Ronnie.“

„Das heißt…?“

„Das heißt, dass Finn ab jetzt neben seinem Patenonkel auch einen Papa hat. - Wenn der Papa bereit ist, ihn als seinen kleinen Sohn zu akzeptieren.“

Bernd blieb stehen. Und obwohl ein Strahlen in

seinen Augen stand, fragte er: „Und der rechtmäßige Papa ist auch damit einverstanden?“

Caro nickte. „Er möchte seine kleine Familie nicht verlieren. Und nun bekommt er noch einen kleinen Patensohn dazu.“

„Caro…“

„Ja?“

„Du weißt, dass ich dich liebe. Glaubst du, dass…“

„Wenn du ein bisschen Geduld mit mir hast: Ja.“

Er wollte sie fragen, ob er sie küssen dürfe, doch sie stand schon so dicht vor ihm und legte die Arme um seinen Hals, dass sich ihre Lippen fast wie von selbst fanden.

DoBuehler@t-online.de

Weitere von Doris Bühler erschienene Romane:

Queenie (2011)

Ramy und Chris (2013)

Irrlichter (2013)

Der Andere (2014)

Wechselspiel (2015)

Das Haus im Nirgendwo (2016)

Im Netz der Lügen (2019)

Dark Moon (2020)

Timeflyer-Trilogie (2021/22):
I - Goodbye Charly
II- So long Ronnie
III- Lebwohl Mellie

Begegnung in Paris (2012)
(12 Kurzgeschichten)

Alle Bücher erhältlich bei
Amazon